P9-CQF-907

EL MUCHACHO QUE BATEABA SÓLO JONRONES

LITTLE, BROWN AND COMPANY
New York Boston

First published in the English language by Little, Brown and Company (Inc.)

Spanish translation by Victory Productions, Inc.

Little, Brown and Company

Time Warner Book Group
1271 Avenue of the Americas, New York, NY 10020
Visite nuestro sitio Web en www.lb-kids.com

Primera edición en español

Información del Catálogo de publicaciones de la Biblioteca del Congreso

Christopher, Matt.
[Kid who only hit homers. Spanish]
El muchacho que bateaba sólo jonrones / Matt Christopher. —
1. ed. en rústica.
p. cm.
Summary: A boy becomes a phenomenal baseball player one summer when a mysterious stranger resembling Babe Ruth befriends him.
ISBN 0-316-73772-0 (pb)
[1. Baseball — Fiction. 2. Spanish language materials.]
I. Title. PZ73.C5275 2005 [Fic]—dc22

2003025023

COM-MO

10 9 8 7 6 5 4 3 2 1

Impreso en Estados Unidos de Norteamérica

para mi hijo,

Dale

Nota del autor

Esta historia se la contó al autor alguien, cuya voluntad expresa es permanecer anónimo. Cada palabra de ella es cierta (según dijo), excepto los nombres, que los ha cambiado para proteger a los ingenuos (y a los no tanto).

Se dejó en libertad al autor para que se formara su propia opinión acerca de si los incidentes ocurrieron realmente, y él prefiere guardarse esa opinión.

Queda a criterio del lector hacer lo mismo, si es su deseo.

Matt Christopher

EL MUCHACHO QUE BATEABA SÓLO JONRONES

1

Los Cardenales de Hooper estaban en su tercera sesión de entrenamiento de la temporada de primavera; y Sylvester Coddmyer III, lanzador derecho, estaba al bate.

Rick Wilson hizo el primer lanzamiento. Parecía bueno, así que Sylvester abanicó.

¡Chiss! Falló por seis pulgadas.

—Sólo tócala, Sylvester —aconsejó el preparador Stan Corbin—. Estás tratando de dar batazos.

Sylvester trató de *sólo tocar* el siguiente lanzamiento de Rick y cometió faul contra la malla. El siguiente lo bateó hacia Rick. Fue una roleta que tardó casi cinco segundos en llegar al montículo.

—¡Lánzasela fácil, Rick! —gritó Jim Cowley, el jugador de segunda base de los Cardenales.

—¿Te parece que eso ayudará, Jim? —gritó Jerry Ash.

Los demás jugadores del campo de juego rieron estruendosamente a carcajadas. Sin embargo, Sylvester no dejó que eso lo perturbara. Ya estaba bastante acostumbrado a que ocurriera.

—Muy bien, Sylvester —dijo el preparador—. Tócala y corre a primera.

Sylvester tocó el siguiente lanzamiento de Rick hacia la tercera base y corrió directo a la primera. Su complexión robusta y sus piernas cortas no le eran precisamente de ayuda para ser un corredor muy rápido.

Se había ilusionado con que a estas alturas pudiera demostrar algunas mejoras en su juego. Y si había alguna, era tan leve, que nadie parecía notarla.

Su desempeño en el campo exterior no era para nada mejor que en el plato. El señor Beach, ayudante del preparador, estaba bateando englobados a los jardineros, y Sylvester erró tres de los cuatro dirigidos a él.

—Hazme acordar de que en el próximo entrenamiento te traiga el canasto de ropa de mi mamá —dijo Ted Sobel, uno de los jardineros, quien estaba seguro de ser titular—. Quizás así puedas atraparla.

Qué gracioso —replicó Sylvester—. Ja, ja.

El entrenamiento terminó veinte minutos después. Los muchachos caminaron cansados hacia el vestuario, se ducharon y se fueron a casa.

—Bueno, ¿vas a inscribirte para jugar? —preguntó Jim Cowley.

—¿Mañana es el último día para inscribirse?

—Así es.

—Lo voy a pensar —dijo Sylvester.

Lo pensó mientras cenaba, mientras se columpiaba en el patio, y en la cama antes de dormirse, y decidió no inscribirse. De todas formas, estaba seguro de que se quedaría sentado en el banco. ¿Y a quién le gustaría quedarse en el banco todo el tiempo?

La tarde siguiente se sentó en las graderías y observó el entrenamiento de los Cardenales de Hooper. Nadie parecía extrañarlo en el campo. Nadie, es verdad, excepto Jim Cowley que, después de practicar bateo, salió corriendo de la primera base.

—¡Syl! ¿Por qué no estás en el campo?

—No me inscribí —contestó Sylvester.

—¿Por qué?

Sylvester se encogió de hombros. —¿Para qué? ¿Para calentar el banco? De todos modos, no me interesa tanto jugar.

—Entonces, ¿a qué viniste?

—No tenía otra cosa que hacer —contestó Sylvester.

—Sí, claro —dijo Jim y regresó corriendo al diamante.

Sylvester juntó las manos sobre las rodillas, contento de que Cowley se hubiera ido. El muchacho estaba empezando a ponerle los nervios de punta.

—¿Por qué le mentiste a ese chico, Syl? —preguntó una voz.

Sobresaltado, Sylvester miró, y vio que un hombre subía por las graderías y se sentaba junto a él. Nunca lo había visto antes, pero se imaginó que debía de ser el padre de alguno de los jugadores. Se ruborizó.

El hombre sonrió y le tendió la mano. Sylvester la estrechó con la suya y sintió el apretón cálido del hombre. —Soy George Baruth —dijo el hombre—. Y tú eres Sylvester Coddmyer tercero, ¿no es cierto?

—Sí, soy yo —contestó Sylvester, y frunció el ceño. ¿George Baruth? No había ningún Baruth que él conociera en la Escuela Intermedia Hooper—. Usted... usted, ¿me está buscando a mí?

Las comisuras de los ojos azules de George Baruth se arrugaron. Era un hombre grande de cara redonda y con una nariz que parecía un fresón. Llevaba puesta una chaqueta sobre una camiseta blanca, pantalones marrones y una gorra de béisbol con las letras *NY* en el frente.

—Bueno, no exactamente —replicó George Baruth—. Me imaginé que estarías aquí.

Sylvester oyó un agudo *¡trac!* y miró justo a tiempo para ver que el receptor Eddie Exton bateaba con fuerza un lanzamiento sobre el exterior próximo al diamante.

—¿Por qué le mentiste al muchacho, Syl? —volvió a preguntar George Baruth—. Tú quieres jugar con el equipo de béisbol, ¿no es cierto?

Sylvester asintió con la cabeza, pensando: "¿Cómo pudo saberlo? Nunca me vio antes."

—La verdad es que sí —admitió.

—Bueno, entonces no mientas. A Jim no lo engañaste y —agregó con una sonrisa amplia— a mí tampoco me engañas.

La sonrisa de Sylvester no se pareció mucho a la del señor Baruth. Trató de pensar algo para decir, pero no pudo. Nunca hablaba demasiado.

—Syl —dijo el señor Baruth—, no me gusta ver que un muchacho mire un partido desde las graderías, mientras se muere de ganas de jugar.

—Pero yo nunca seré un pelotero, señor Baruth —replicó Sylvester, desilusionado—. Los peloteros son buenos receptores y buenos bateadores, y yo no encajo para nada en esa descripción.

—Bueno, un *poco* de béisbol has jugado, ¿no?

—Sí. Algo.

—Muy bien. Quédate por aquí cuando los Cardenales terminen de entrenarse.

Sylvester le clavó la mirada. —¿Por qué?

—Porque voy a enseñarte a ser mejor beisbolista, por eso. Pensándolo bien... —y ahora al señor Baruth le brillaron los ojos—, ¡creo que voy a enseñarte a ser uno de los mejores jugadores que jamás haya habido en Hooper!

A Sylvester se le salieron los ojos de las órbitas. —¿Cómo va a lograr eso, señor Baruth?

George Baruth se rió. —Ya verás, pequeño. Te veo después del entrenamiento.

Se levantó y se fue de las graderías, y Sylvester Coddmyer III se quedó solo otra vez. Siguió mirando la práctica de bateo de los Cardenales de Hooper y luego observó al preparador batear roletazos a los jugadores del cuadro. Sin embargo, no dejaba de pensar en George Baruth y en su promesa.

"Sólo me está tomando el pelo" —pensó—. "Nadie en el mundo podría jamás ayudarme a ser un buen pelotero."

Sylvester miró por encima de su hombro, esperando ver al señor Baruth subirse a un automóvil o caminar por la acera. El hombre no estaba a la vista.

"Definitivamente se desaparece rapidamente", pensó Sylvester, y volvió a prestar atención a la sesión de entrenamiento.

Finalmente los Redbirds terminaron y salieron del campo. Todos, excepto Jim Cowley, que se acercó a Sylvester y lo miró. —La práctica terminó, Syl. ¿No te vas a casa?

—Dentro de un ratito —contestó Sylvester.

Jim frunció el ceño y luego sonrió. —Bueno, sólo asegúrate de no pasarte aquí toda la noche. Hasta luego.

No había terminado de irse, cuando George Baruth apareció por las graderías. Traía un bate y un guante de béisbol, y los bolsillos de su chaqueta estaban repletos de pelotas.

—Vamos, toma el bate —dijo el señor Baruth, arrojándoselo a Sylvester—. Y camina hacia la malla. Te haré lanzamientos.

Syl tomó el bate, trotó hasta la malla, y el señor Baruth se acercó a la pequeña y gastada zona que se encuentra entre el plato de bateo y el montículo. Era el mismo lugar que habían usado los lanzadores de los Cardenales durante el entrenamiento de bateo.

Syl se paró a la izquierda del plato de frente al señor Baruth que, según vio, era zurdo.

—Mantén los dedos de los pies paralelos al plato —aconsejó el señor Baruth—. Sostén el bate a pocas pulgadas de tu hombro. Eso es. Muy bien. Ahí vamos.

Se puso en posición de moción de lanzamiento y lanzó. La pelota venía a velocidad moderada en dirección al plato. Sylvester abanicó. *¡Trac!* La pelota salió disparada en línea recta hacia el exterior próximo al diamante.

—¡Oye! ¿Qué me dices de eso? —gritó George Baruth—. ¡Buen batazo!

Sylvester sonrió. ¡Hasta él estaba sorprendido!

George Baruth lanzó otra bola, pero ésta iba muy adentro. —¡Déjala pasar! —gritó.

Sylvester dio un salto hacia atrás y la dejó pasar.

El tercer lanzamiento otra vez pasó disparado a través del plato, y Sylvester le dio un batazo hacia el centro del exterior izquierdo. Bateó el siguiente hacia el centro del exterior derecho y el siguiente al fondo del exterior izquierdo.

Cada tanto algún lanzamiento era demasiado alto o demasiado abierto, y él lo dejaba pasar. Pero cuando venían sobre el plato, abanicaba y los bateaba siempre.

No lo entendía. ¿Por qué no podía batear los lanzamientos de Rick tan bien como bateaba los del señor Baruth?

Cuando el señor Baruth terminó de lanzar la última pelota (fueron ocho en total), él y Sylvester corrieron al campo exterior, las recogieron y regresaron para seguir con los lanzamientos y los bateos.

Después de hacer esto cuatro veces, el señor Baruth pidió que pararan. Se empujó la gorra hacia atrás y se secó el sudor de la frente, y Sylvester notó que tenía pelo negro corto y con mechones grises en el borde.

—Mañana dile al preparador que cambiaste de idea —dijo el señor Baruth—. La verdad es que tú quieres jugar. Tienes un buen par de ojos, y muñecas fuertes y adecuadas. Vas a transformarte en un gran bateador, Syl. Te doy mi palabra.

Sylvester lo miró incrédulo. —¿Y mis piernas, señor Baruth?

—¿Qué pasa con ellas? Vas a jugar al béisbol, Syl, no a participar en una carrera de caballos.

2

No fue sino hasta que terminó la quinta hora de clases del lunes que Sylvester pudo juntar coraje suficiente para preguntar al preparador Corbin si era demasiado tarde para inscribirse en el equipo de los Cardenales. El preparador, vestido con un traje marrón, venía por el pasillo caminando hacia él.

—¡Oh!, se... señor —tartamudeó Sylvester—. ¿Puedo preguntarle algo, por favor?

—Por supuesto, Sylvester —replicó el preparador Corbin, y lo miró con ojos oscuros y amistosos—. ¿De qué se trata?

—¿Es demasiado tarde para inscribirse en béisbol?

Las oscuras cejas del hombre se crisparon ligeramente y luego se juntaron hasta casi tocarse.

—El último día de inscripción fue el viernes, Sylvester. Y ahora ya tengo demasiados jugadores. ¿Por qué no te inscribiste antes? ¿No viste el aviso en el tablero de anuncios?

—Sí. Pero yo... —Sylvester se encogió de hombros—. Está bien. Gracias, señor Corbin.

Se fue por el pasillo hacia su aula, con la cabeza gacha y las manos en los bolsillos. La respuesta del preparador Corbin no lo sorprendió, aunque había tenido la esperanza de que lo dejara inscribirse. Así, al menos, habría tenido la oportunidad de demostrar lo que era capaz de hacer.

A la salida de la escuela, caminó a casa solo. Hooper era un pueblo pequeño de la región de los Finger Lakes, en el estado de Nueva York. Los turistas los recorrían todo el tiempo en automóvil, pero nadie paraba más que para llenar el tanque de gasolina.

La Escuela Intermedia Hooper estaba sobre una colina con vista a la aldea. La mayoría de los niños vivían lo bastante cerca para llegar a pie. Unos pocos tenían que tomar uno de los autobuses.

Sylvester tenía todavía dos cuadras por delante, cuando oyó unos pesados pasos detrás de sí y luego una voz conocida. —¡Syl! ¡Espera un momento!

Se dio la vuelta, y ahí venía George Baruth, corriendo hacia él.

—¡Ah, hola, señor Baruth! —dijo, y se detuvo a esperar.

George Baruth lo alcanzó, respirando agitado. —¿Le preguntaste al preparador?

—Sí —respondió Sylvester—. Dijo que ahora ya tiene demasiados jugadores.

—Me lo temía —comentó George Baruth—. ¡Caray!, tengo que meterte en el equipo de alguna manera, Syl.

Sylvester lo miró. —¿No podemos olvidarlo y ya, señor Baruth? Él no quiere que yo juegue. Seguramente cree que sólo sería un estorbo.

Los ojos del señor Baruth centellearon. —Eso es exactamente lo que nosotros no queremos que crea, Syl. Tenemos que lograr que cambie su decisión acerca de ti y que te ponga en el equipo. Ahora, déjame pensar un minuto.

Empujó su gorra hacia atrás, se rascó la cabeza y miró la acera, como si entre las grietas delgadas pudiera encontrar la solución.

Empezó a hablar, pero en tono bajo y entre dientes, y Sylvester se dio cuenta de que sólo lo hacía consigo mismo.

De pronto, volvió a acomodarse la gorra bruscamente y golpeó con un dedo firme el hombro de Sylvester. —¡Lo tengo, Syl! —gritó—. El equipo está entrenando ahora, ¿no es cierto?

—Sí, así es.

—Muy bien. ¿Tienes el guante en casa?

—Sí.

—Ve a buscarlo, y vámonos al campo. ¡Tengo una idea que me está taladrando el cerebro!

Sylvester corrío las dos cuadras que faltaban hasta su casa, tomó el guante y salió corriendo de nuevo al grito de "¡Hola, mami!", a su madre, que batía algo en un gran bol.

—¡Sylvester! —llamó ella—. ¿Dónde es el incendio?

La mamá era baja y rubia, y de aspecto un tanto robusto. Desde que Sylvester nació, quiso tener también una hija, pero hasta ahora sólo lo tenía a él. El papá, que era viajante, había dicho hacía apenas unas noches que Sylvester era más de lo que hubiera esperado y que ellos debían estar agradecidos por tenerlo.

—¡Ya vuelvo, mami! —gritó Sylvester por encima del hombro.

De repente, ya del otro lado de la puerta, se detuvo. No podía dejar al señor Baruth esperando (no con esa idea taladrándole el cerebro), pero tenía que decirle a la mamá con quién estaba.

—¡Voy a estar con el señor Baruth, mami! —exclamó—. ¡Él va a ayudarme a jugar al béisbol!

—¿El señor Baruth? ¿Quién es?

—¡No sé! Pero vive en Hooper... en alguna parte. Y quiere enseñarme a jugar mejor al béisbol, ¡para que pueda jugar con los Cardenales! ¡Es sensacional, mamá! ¡Después te veo!

Se encontró con George Baruth, y juntos volvieron a la escuela. El campo de béisbol estaba en el lado sur. Los muchachos ya estaban allí haciendo práctica de bateo. George Baruth subió por las graderías que quedaban detrás de la primera base y se sentó cerca del extremo de la tercera hilera. Sylvester se sentó junto a él, preguntándose qué sería lo que le taladraba el cerebro al señor Baruth.

Permanecieron sentados durante toda la práctica de bateo. En la práctica el preparador Corbin bateó roletazos a los jugadores del cuadro, y un hombre al que Sylvester reconoció como el señor Beach, el profesor de matemáticas, y el ayudante del señor Corbin empezaron a batear englobados a los jardineros apiñados en el exterior central.

—Mira al muchacho de pantalones amarillos —observó el señor Baruth.

Sylvester miró y vio que el muchacho calculaba mal un englobado tras otro y luego dejó caer uno que había pegado justo en el medio de su guante.

—Es Lou Masters —dijo—. No lo está haciendo muy bien, ¿no?

El señor Baruth se rió entre dientes. —No lo está haciendo bien para nada, Syl. Y si tu preparador tiene un poquito de sentido común tiene que darse cuenta. Mira. Corre hasta allá y pídele a ese tipo que está bateando la pelota que te deje tratar de atrapar algunos englobados a ti también.

Sylvester se quedó mirándolo. —¡Pero el preparador Corbin me dijo que ya era muy tarde, señor Baruth!

—¿Cómo va a ser muy tarde? La liga no empieza hasta la semana que viene. Ve. No tendrá problema en dejar que trates de atrapar algunos, como mínimo.

Reticente, Sylvester bajó las graderías y se encaminó hacia el señor Beach. Esperó a que bateara un englobado, luego juntó todo el coraje que pudo y dijo: —Señor Beach.

El hombre alto, con el impermeable ondulándose en la brisa, lo miró. —¡Hola, Sylvester! —dijo—. ¿Qué pasa?

—¿Puedo... puedo probar yo también?

El señor Beach sonrió. —¿Te has inscrito para jugar?

—No.

—Entonces, ¿para qué quieres probar? Sylvester se encogió de hombros. —Bueno, me gustaría jugar, si puedo. Pensé que si lo hacía bastante bien, usted, o el señor Corbin, me permitirían inscribirme.

El señor Beach se rió. —Está bien, Syl. Ve, que yo te batearé algunos.

—¡Gracias!

Sylvester corrió al campo, sonriéndole a George Baruth y recibiendo otra sonrisa de él. El señor Baruth hizo un círculo con el pulgar e índice derechos.

—¡Éste es para Syl! —gritó el señor Beach, y lanzó un batazo tan alto como un edificio de diez pisos. Sylvester se puso debajo y lo atrapó con facilidad.

El señor Beach lanzó englobados mucho más altos a los muchachos que parecían tener problemas para calcular la pelota. De nuevo fue el turno de Sylvester, y esta vez el señor Beach bateó la pelota tan alto como lo había hecho para los demás muchachos. La pelota voló por el cielo azul hasta verse del tamaño de una arveja, bajó y cayó en el guante de Sylvester.

—¡Eh! ¡Linda atrapada, Syl! —gritó el señor Beach—. ¡Probemos otra alta!

Bateó con fuerza otra pelota alta hacia el cielo. Sylvester corrió unos veinte pies hasta el lugar donde bajaba, colocó el guante y *¡plaf!*, la agarró.

Los otros jardineros se quedaron viéndolo sin poder creerlo.

—¡Eh! ¿Qué ha pasado? —observó Ted Sobel—. ¡La semana pasada no podías atrapar ni pío!

Sylvester se encogió de hombros. —No soy tan bueno, todavía —replicó modestamente.

Cuando terminaron el entrenamiento en el campo exterior, Sylvester volvió a las graderías y se sentó junto a George Baruth.

—Buen trabajo, Syl —dijo George con una amplia sonrisa—. ¿Viste cómo se les salían los ojos de las órbitas cuando hiciste esas fantásticas atrapadas?

Sylvester sonrió. —Bueno... yo mismo estoy sorprendido —confesó. Luego pensó en algo y miró al señor Baruth con curiosidad—. En realidad, usted no es de Hooper, ¿cierto, señor Baruth?

El hombraso se rió entre dientes. —No. Aquí soy un desconocido, Syl. Todos los años paso las vacaciones en un pueblo diferente. Este año elegí Hooper. Esta región, Syl, es una de las más hermosas del mundo. ¿Sabías eso?

Sylvester sonrió. —Sí, yo también lo creo, señor Baruth —hizo una pausa—. Señor Baruth, ¿cómo es que me escogió a mí para ayudarme? ¿No hay otros muchachos mejores?

El señor Baruth volvió a reír entre dientes. —¿Por qué habría de tratar de ayudar a alguien mejor? Vi que a ti realmente te encantaba el béisbol, y que ponías todo tu empeño para jugar. Pero tenías problemas. No podías jugar bien, así que te desalentaste y quisiste dejarlo. En ese momento supe que eras un muchacho que necesitaba ayuda.

Sylvester sonrió. —¿De veras cree que podrá ayudarme, señor Baruth? Caramba, no creo que haya nadie más desastroso que yo.

—No solamente *creo* que puedo ayudarte, amiguito —contestó el señor Baruth, con un brillo en los ojos—. *¡Lo sé!*

De pronto se oyó un grito desde cerca del plato de bateo, y Sylvester vio que el preparador Corbin le hacía señas con la mano. Con el preparador estaba el señor Beach, que se veía como si acabara de abrir un arcón con algún tesoro muy valioso.

—¡Sylvester Coddmyer! —llamó el preparador—. Ven aquí, ¿quieres?

—Mejor veo qué quiere —comentó el muchacho—. Con permiso, señor Baruth.

—Seguro, Syl —replicó George Baruth.

Sylvester bajó ruidosamente las graderías, y corrió a través del césped verde y corto hacia el pequeño grupo reunido cerca del plato de bateo. Cuando lo alcanzó, el preparador Corbin le sonrió y le puso un brazo sobre los hombros.

—El señor Beach me dijo que hoy atrapaste englobados muy bien, Sylvester —dijo.

Sylvester se encogió de hombros. —También estoy mejor con el bate —replicó orgulloso el muchacho.

—¡Oh! ¿Te importaría hacer una prueba conmigo?

—No.

—Bien. Toma un bate. Rick, hazle unos lanzamientos a Sylvester.

Sylvester buscó un bate que le gustara y se paró frente a la malla. Rick Wilson se dirigió al montículo provisorio, esperó a que Sylvester estuviera preparado y luego lanzó una bola con fuerza.

¡Batazo! Sylvester arremetió contra ella y la bateó por sobre la valla del exterior izquierdo.

—¡Fantástico! —gritó el preparador Corbin—. ¡Miren ese batazo! ¡Lanza otra, Rick!

Rick obedeció. *¡Pum!* La segunda bola salió disparada casi tan lejos como la primera. Rick lanzó otra. Sylvester volvió a abanicar y la bola otra vez pasó como un cohete sobre la valla del exterior izquierdo.

—¡Suficiente! —dijo el preparador Corbin—. ¡No podemos permitirnos perder las pelotas! ¡Sylvester!

—¿Sí, señor?

—Yo no sé qué has estado haciendo desde el viernes pasado, pero sin duda ahora eres otro pelotero. Ven a mi oficina por la mañana para inscribirte. Creo que podré acomodarte.

—¡Gracias, señor! —dijo Sylvester encantado.

3

El martes los Cardenales de Hooper jugaron un partido de práctica con los Halcones de Macon. El preparador Corbin asignó a Sylvester Coddmyer III al exterior derecho y lo puso cuarto en el orden de bateo. La cuarta posición, como todos sabían, era la de barredor.

El orden de bateo de los Cardenales fue:

Cowley, segunda base
Sobel, exterior izquierdo
Stevens, jardinero corto
Coddmyer, exterior derecho
Ash, primera base
Kent, exterior central
Francis, tercera base
Exton, receptor
Barnes, lanzador

Los Halcones fueron primeros al bate. Terry Barnes, lanzador suplente de los Cardenales, hizo un lanzamiento malo al primer bateador y le dio base por bolas. El siguiente Halcón hizo un buen toque de bola hacia la línea de la tercera base, que Duane Francis fildeó, y lanzó a ras y con precisión justo a tiempo. El toque de bola hizo avanzar al corredor de base a segunda, poniéndolo en posición de anotar.

El Halcón siguiente disparó un englobado a Terry. Terry lo atrapó, rotó y lanzó la bola a segunda para tocar al jugador antes de que pudiera pisar la base.

Tres hombres fuera.

Sylvester salió al trote desde el exterior derecho y vio a varias personas sentadas en diferentes lugares de las graderías. Y allí, en la tercera hilera desde abajo, justo detrás de la primera base, estaba sentado el señor Baruth.

—¡Hola, señor Baruth! —gritó Sylvester.

—¡Hola, Syl! —contestó el señor Baruth sonriendo—. ¡Ve y apabúllalos, muchacho!

Jim Cowley empezó con un roletazo al exterior próximo al diamante, una eliminación fácil. Ted Sobel avanzó a primera base, y Milt Stevens recibió base por bolas, dando paso a Sylvester Coddmyer III.

—¡Jonronéalos, Syl! —gritó el preparador.

Duke Farrel, el alto lanzador derecho de los Halcones, disparó su primer lanzamiento al centro del plato. Sylvester se inclinó hacia él, abanicó y... falló.

El siguiente lanzamiento fue un poco alto. Ésa fue la opinión de Sylvester. La del árbitro fue otra. —¡Segundo ponche! —cantó.

El siguiente lanzamiento también parecía alto, pero Sylvester no quiso arriesgarse a quedar ponchado. Abanicó y... ¡falló!

—¡Tercer ponche!

No podía creerlo. La primera vez que iba al bate y se ponchaba. ¿Qué pensaría el preparador? ¿Qué pensaría el señor Baruth?

Se dio la vuelta desanimado, arrojó el bate a la pila y se fue al foso.

—Ánimo, Sylvester —dijo el preparador—. Ya te tocará de nuevo.

Jerry Ash lanzó un englobado al exterior próximo al diamante y hubo cambio de equipo al bate.

En su turno al bate los Halcones anotaron una carrera, y ahora les tocaba batear a los Cardenales. Bobby Kent avanzó a primera base. El toque de bola de Duane Francis lo puso en segunda, y el triple de Eddie Exton permitió anotar. El sencillo del lanzador Terry Barnes hizo que Eddie anotara.

El primer bateador de los Halcones arremetió con un batazo largo al fondo del exterior derecho, lo que hizo a Sylvester retroceder a toda carrera hacia la valla. Sus cortas piernas no se veían mientras corría, mientras él no quitaba la vista de la pelota. Entonces se estiró. La bola bajó, le rozó la punta del guante y rebotó contra la valla.

Con ese batazo bueno, los Halcones corrieron alrededor de las bases hasta tercera.

El siguiente bateador disparó un batazo en línea por encima de la cabeza del jugador de primera base, Jerry Ash. La bola pegó contra el suelo frente a Sylvester. Pero, en lugar de rebotar hasta el guante expectante del muchacho, se deslizó entre sus piernas.

Una vez más, Sylvester giró y corrió tras ella. Pero en el momento en que la lanzaba a ras y velozmente, anotaron una carrera.

"¡Ay, no!" —pensó—. "¿Qué me pasa? ¡No hago nada bien! Seguro que el señor Baruth ya no va a perder más tiempo conmigo."

Terry ponchó al siguiente bateador. Luego Bobby atrapó un englobado largo en el fondo del exterior central, y después de que el corredor pisara la base, se anotó otra carrera. Eddie Exton atrapó un englobado al terreno interior, y así terminó la mitad de la entrada.

—Eh, Syl —dijo Jim Cowley—, ¿qué estás haciendo?, ¿jugando al béisbol o corriendo una carrera en pista?

—Ja, ja —replicó Sylvester.

Milt Stevens bateó primero en la segunda mitad de la tercera con un doble que pasó por encima de la cabeza del jardinero corto. Ahora le tocaba a Sylvester por segunda vez.

—Vamos, Syl —dijo Jerry Ash, poniéndose de rodillas frente al foso con su bate—. Compensa esos errores.

Lanzamiento. Parecía bueno. Sylvester se preparó para darle. *¡Trac!* ¡Disparo largo al exterior central! Sylvester soltó el bate y salió a toda carrera hacia primera, pero redujo la velocidad antes de llegar. El jugador exterior central había atrapado la bola.

—Mala suerte, muchacho —dijo una voz desde las graderías—. Pero no te rindas. ¡Persevera!

Sylvester miró al señor Baruth. Su sonrisa fue lánguida. "Debo hacerlo, señor Baruth —pensó—, o el preparador Corbin me mandará al banco."

Jerry Ash avanzó a primera base, y Milt anotó. Bobby y Duane quedaron eliminados, con lo cual finalizó la mitad de la entrada. Halcones 3, Cardenales 3.

Los Halcones pusieron un jugador en primera y amenazaban con anotar, cuando Steve Buton, su cuarto bateador, que era zurdo, bateó un englobado alto como un rascacielos al exterior derecho. Bobby Kent empezó a correr desde el central, pero Sylvester gritó: —¡Yo la agarro, yo la agarro!

—¡Agárrala! —replicó Bobby.

La bola cayó en el guante de Sylvester y ahí se clavó. Un grito brotó de entre los dispersos admiradores de los Cardenales cuando Sylvester tiró la bola y frenó el avance del corredor en la segunda base.

Ahora se sentía mucho mejor. *Tenía* que hacer esa atrapada.

Los dos Halcones siguientes fallaron al batear, y la mitad de la entrada terminó con un cero en el marcador.

—Buena atrapada, Syl —dijo el señor Baruth, cuando Sylvester llegó al trote desde el exterior derecho.

—¡Gracias, señor! —dijo Sylvester sonriendo.

Ningún equipo volvió a anotar hasta la segunda mitad de la quinta. Con uno eliminado, Sylvester bateó un sencillo; un batazo suave exitoso al jardinero corto. El triple de Jerry Ash lo hizo anotar.

Halcones 3, Cardenales 4.

—¡Vamos, Cardenales, no los dejen anotar! —gritó un hincha.

Al primero de los Halcones, Terry le dio base por bolas, y al siguiente lo declararon quieto por el error de Milt en el exterior próximo al diamante. Entonces Steve Button bateó otro englobado al exterior derecho. Sylvester se ubicó debajo de él, gritando: —¡Yo lo agarro, yo lo agarro!

Luego, por un instante, perdió de vista la bola contra las nubes blancas. Cuando volvió a verla, ya era demasiado tarde. La bola cayó casi rozándole el guante y pegó en el suelo. El muchacho la atrapó en el rebote y la lanzó a ras y velozmente, pero no antes de que dos Halcones cruzaran el plato de bateo.

Cuando llegó el turno de los Cardenales al bate, no pudieron anotar, y el partido terminó favorable a los Halcones 5 a 4.

—No me lo explico, Sylvester —dijo el preparador Corbin sorprendido—. Apenas si pareces el mismo muchacho que entrenó con nosotros ayer.

—¿Me... me va a sacar, señor? —preguntó Sylvester preocupado.

—No. Pero si no mejoras tu desempeño de hoy... —el preparador se encogió de hombros—, no me quedará más remedio que dejarte en el banco la mayor parte del tiempo.

Esa noche, Sylvester Coddmyer III escribió una composición sobre las serpientes y los beneficios que brindan a los seres humanos. Era para inglés. Él hubiera querido escribir sobre béisbol, que tanto le gustaba; pero la señorita Carroll, la profesora de inglés, le sugirió que para variar escribiera sobre otra cosa.

Para buscar material, investigó en un par de artículos de revistas y en la computadora. Las serpientes no eran algo que precisamente lo enloqueciera; pero después de leer acerca de ellas, se dio cuenta de que eran criaturas realmente interesantes.

No obstante, lo que más disfrutaba era el béisbol. Le gustaba leer sobre su historia y sobre los peloteros de otros tiempos.

Se imaginó a sí mismo transformado en un gran jardinero o en un gran bateador. ¡Caray! ¿No sería fantástico?

Pero sabía que era sólo un sueño. Jamás llegaría a ser ni la *mitad* de lo fabulosos que habían sido aquellos bateadores, cuyos nombres había leído en la enciclopedia de béisbol.

Tomó el libro grueso que estaba en el estante cerca del escritorio y lo hojeó hasta la sección donde aparecía la lista de nombres de los jonroneros. El primero de todos era Babe Ruth, con 714 jonrones. ¡Qué bárbaro!, ¡714!

George Herman *Babe* Ruth había sido lanzador de los Red Sox de Boston. Después pasó a los New York Yankees, donde jugó en el campo exterior y se tranformó en campeón de bateo. En 1927 bateó sesenta jonrones y retuvo el récord hasta que en 1961 lo rompió Roger Maris. Al morir, en 1948, había logrado diecisiete récords en la Serie Mundial.

Había otros grandes bateadores, como Willie Mays, Mickey Mantle, Jimmy Foxx. Pero ninguno había bateado tantos jonrones como el Babe.

Sylvester guardó el libro, cerró los ojos y volvió a soñar: "¿No sería increíble ser lo bastante bueno para que algún día mi nombre aparezca en la enciclopedia?"

Abrió los ojos y echó a reír. ¡Él jamás lo sería!

El primer partido de liga de los Cardenales de Hooper era el 28 de abril contra los Tigres de Broton. El preparador Corbin asignó a Sylvester al exterior derecho y lo puso último en el orden de bateo.

Sylvester no se sorprendió. Pensó que, después de todo, tenía suerte de ser titular.

Los Cardenales batearon primero. Dos de sus jugadores llegaron a primera, pero no lograron anotar. Al trote, Sylvester se dirigió al exterior derecho, divisando apenas a los aficionados dispersos en las graderías.

Las porristas de los Cardenales, con suéteres blancos y cortas faldas rojas, ovacionaban desde el lado de las graderías de la primera base, seguidas por los hurras de las porristas de los Tigres, que llevaban camisetas amarillas y faldas azules, y estaban del lado de la tercera base.

Al acordarse de George Baruth, Sylvester miró por un instante hacia las graderías, cerca del extremo. En realidad no esperaba que el señor Baruth estuviera allí.

¡Pero sí estaba! Sentado en el extremo de la tercera hilera contando desde la parte de abajo, donde siempre se sentaba.

La perplejidad del rostro de Sylvester se transformó en sonrisa. Lo saludó con la mano, y el señor Baruth, sonriendo, le devolvió el saludo.

Rick Wilson, en el montículo por los Cardenales, ponchó al primer Tigre, luego se vio en apuros con el segundo y le dio base por bolas. Un error del jardinero corto Milt Stevens y luego un sencillo incogible a través del montículo permitieron una carrera antes de que los Cardenales pudieran contener a los Tigres.

Duane Francis fue el primer bateador de la segunda mitad con un golpe al exterior central, que el jardinero atrapó, y así se produjo el primer eliminado. Eddie Exton también quedó eliminado tras una roleta, y Rick llegó al bate, con cara de que seguramente iba a ser la tercera víctima.

Le dieron base por cuatro bolas malas seguidas, y entonces llegó el turno de Sylvester Coddmyer III.

Sylvester se colocó el casco protector y se ubicó en posición en el cajón. Los tres jardineros estaban parados con las piernas bien separadas y los brazos cruzados sobre el pecho. Los jugadores de cuadro de los Tigres hacían los ruidos habituales, mientras que en la tribuna varios de los aficionados bostezaban.

—¡Primer ponche! —cantó el árbitro cuando Jim Smith disparó el primer lanzamiento sobre el plato.

Luego: —¡Bola mala! Y: —¡Segunda bola mala!

Sylvester abanicó el siguiente lanzamiento. —¡Segundo ponche!

Los aficionados de los dos equipos empezaron a gritar a toda voz. Sylvester sintió sudor en la frente. ¿Iba a poncharse, y a defraudar al preparador y al señor Baruth? ¿Iba a decepcionarlos otra vez?

Lanzamiento. Venía directo a la esquina interior. Sylvester abanicó.

¡Trac! ¡Un batazo fuerte y sólido! La bola salió disparada como una centella blanca hacia el exterior izquierdo y luego... ¡por encima de la valla!

Sylvester dejó caer el bate, trotó alrededor de las bases y anotó su primer jonrón de la temporada.

El equipo entero lo esperaba detrás del plato de bateo. Mientras lo cruzaba, cada uno de sus compañeros le estrechaba la mano.

—¡Qué buen batazo, Syl!

¡Gran golpe, viejo!

Hasta el preparador Corbin y el señor Beach le dieron la mano. —¡Esta vez lo lograste, Syl! —exclamó el preparador con una amplia sonrisa.

Sylvester sonrió.

Pasó Jim Cowley y quedó eliminado después de batear un englobado.

Los Tigres terminaron la última mitad de la segunda entrada sin anotar. Los Cardenales fueron al bate, y Jim Smith parecía tenerle una especie de maldición a la pelota, ya que acribilló a Sobel, Stevens y Ash con diez lanzamientos. Y los Tigres volvieron al bate.

Rick disparó dos ponches al primer bateador, luego hizo lanzamientos malos y le dio base por bolas. El siguiente jugador de los Tigres tocó la bola, pero como Duane Francis, el jugador de tercera base, no pudo atrapar el serpenteante roletazo, el corredor avanzó a segunda, y el bateador alcanzó a salvo la primera.

A un bateador zurdo le llegó el turno de bateo; era un muchacho grandote con los pantalones a media pierna y unos mechones de cabello negro que le asomaban por debajo del casco.

Duane se dio la vuelta y se dirigió a Sylvester:

—¡Hacia atrás, Syl! ¡Unos veinte pasos!

Sylvester retrocedió exactamente veinte pasos y se agachó, con la esperanza de que el muchacho se ponchara, bateara un roletazo o enviara la bola a alguna otra parte del campo. Aunque en el entrenamiento había logrado atrapar algunos englobados altos, había fallado en un partido de práctica.

¡Batazo! ¡Un englobado alto voló directo al exterior derecho! Sylvester calculó que le pasaría por encima y empezó a retroceder a toda carrera, pero resbaló y se cayó.

5

El pánico se apoderó de él, mientras miraba al cielo, buscando desesperadamente la bola, a la que momentáneamente había perdido de vista.

¡Allí estaba, venía derecho hacia él! Sin ponerse de pie (no tenía tiempo) levantó el guante y la atrapó con una sola mano.

Luego se levantó y arrojó la bola a ras y velozmente al diamante. Jim Cowley la interceptó y giró rápidamente, listo para tirarla. Pero los corredores habían regresado a sus bases; uno a primera, el otro a segunda. Con calma, Jim tiró la bola a Rick.

Los hinchas de los Cardenales ovacionaron a Sylvester por su gran atrapada, y él se ruborizó. Pensó que el haberse caído en el lugar preciso y el haberse girado a tiempo habían sido sólo cuestión de suerte.

Dos sencillos seguidos anotaron dos carreras para los Tigres. Luego Rick ponchó a un bateador zurdo. El siguiente arremetió con un triple y anotó dos carreras más. Eddie Exton atrapó un englobado al terreno interior, y la entrada terminó: Cardenales 2, Tigres 5.

En la primera mitad de la cuarta, el primer bateador fue Bobby Kent.

—Vamos, Bobby —dijo el preparador Corbin—. Necesitamos carreras, y la única manera de lograrlas es dando buenos batazos.

Los Tigres eran un grupo decidido y luchador, y mantenían un alboroto constante en el campo. Las ganas de ganar estaban presentes en cada uno de sus movimientos.

Bobby recibió dos bolas malas y un ponche antes de mover el bate de su hombro. Dio un batazo fuera que produjo el segundo ponche, y en el diamante el alboroto se oyó más intenso que nunca. Luego hizo un tiro alto al exterior central, que el jardinero de los Tigres atrapó fácilmente.

El gruñido del preparador Corbin pudo oírse en todo el foso de los Cardenales.

Duane Francis tenía problemas con sus pantalones. Permanentemente se los levantaba después de cada abanicada. Su tercer intento terminó en un sencillo certero sobre el exterior próximo al diamante.

—¡Buen batazo! —gritó el preparador.

A Jim debió parecerle que Eddie Exton era bastante peligroso, porque el lanzador de los Tigres le arrojó cuatro bolas seguidas, ninguna de las cuales pasó dentro de las cinco pulgadas del plato. Eddie recibió base por bolas.

Dos jugadores en las bases. Sólo un jonrón podía empatar el marcador.

Rick Wilson también tenía el aspecto peligroso. Parecía estar fulminando al lanzador con la mirada, desafiándolo. Pero Sylvester sabía que ése era el aspecto natural de Rick cada vez que estaba al bate.

Rick bateó el tercer lanzamiento de Jim al exterior izquierdo, quedando eliminado fácilmente. Y llegó el turno de Sylvester Coddmyer III.

—No te pongas muy ansioso, Sylvester —aconsejó el preparador Corbin—. Un simple jit bueno será suficiente.

Jim Smith se paró en el montículo, estiró los brazos hacia arriba, los bajó, miró a los corredores y lanzó. La bola salió disparada. Sylvester se preparó para darle, vio que venía demasiado alta y la dejó pasar.

—¡Primera bola mala! —gritó el árbitro.

Jim repitió sus movimientos casi con exactitud. Esta vez el lanzamiento fue demasiado afuera.

—¡Segunda bola mala!

—¡No le tengas miedo, Jim! —gritó el receptor de los Tigres—. ¡La otra vez sólo tuvo suerte!

Jim disparó su tercer lanzamiento sobre el centro del plato. Sylvester se preparó y abanicó. No sabía cómo hacer *"sólo un simple jit bueno"*. Bateó fuerte, de la forma en que siempre lo había hecho.

Entonces se oyó el ruido contundente de la madera contra el cuero, y luego del cuero disparado al fondo hacia el lado izquierdo del exterior central, elevándose firme y luego cayendo..., cayendo lejos detrás de la valla para marcar un jonrón.

Los hinchas de los Cardenales se pusieron de pie y aplaudieron, y las porristas enloquecieron, haciendo palmas, gritando y dando volteretas. Sylvester trotó alrededor de las bases, dio la mano a los muchachos que lo esperaban en el plato y se sentó. Ni siquiera había corrido lo suficiente para sudar.

Jim Cowley recibió base por bolas, y luego Ted Sobel envió una roleta y fue eliminado para dar fin a la mitad de la entrada. Cardenales 5, Tigres 5.

Sylvester vio que el preparador lo miraba. El señor Corbin estaba boquiabierto y parecía demasiado petrificado para hablar.

El primer bateador de los Tigres hizo un sencillo suave exitoso más allá de Jerry Ash, luego corrió a la segunda con un toque de sacrificio. El siguiente Tigre bateó un englobado alto al exterior derecho. Sylvester salió a toda carrera detrás de la bola. En el momento final, se zambulló con la mano del guante estirada. Aterrizó sobre su estómago, al mismo tiempo que la bola caía en su guante.

Se levantó de inmediato y arrojó la bola a Jerry, quién se apresuró para llegar a la primera base y tocarla antes de que el corredor pudiera pisarla. Obviamente el jugador de los Tigres no creyó que el jugador exterior derecho de los Cardenales llegaría nada cerca de la bola.

Dos hombres fuera y un corredor en la segunda base.

Rick disparó dos lanzamientos, un ponche y una bola mala. Luego el bateador de los Tigres se la devolvió con un jit, que Rick atrapó y arrojó a Jerry para conseguir el tercer eliminado.

—¡Para ser un corredor lento, ciertamente puedes cubrir rápido mucho terreno! —exclamó Jim Cowley, mientras Sylvester arrojaba el guante a un lado del foso y se sentaba.

—Me imagino que es sólo cuestión de un poco más de esfuerzo —replicó Silvester.

Glenn Higgins, que iba a batear en reemplazo de Stevens en la primera mitad de la quinta, golpeó el primer lanzamiento y logró un sencillo sobre la segunda base. Jerry quedó eliminado después de batear un englobado a la izquierda, y a Lou Masters, que fue al bate en lugar de Bobby Kent, le dieron base por bolas. Duane se ponchó, y Eddie Exton recibió base por bolas, llenando las bases.

Cuando a Rick le tocó el turno de bateo, los hinchas aplaudieron. Hasta ahora le habían dado base por bolas y había quedado eliminado después de batear un englobado. —¡Te lo mereces, Rick! —gritó Jim Cowley.

Rick bateó un englobado al exterior izquierdo y quedó eliminado.

6

Los Tigres llegaron al bate, rechinando los dientes. El primer bateador esperó los lanzamientos de Rick, recibió dos bolas malas y dos ponches, luego le dio un batazo al siguiente y lo mandó a través de la brecha entre el exterior izquierdo y el central, con lo que consiguió dos bases.

Milt Stevens dejó caer un roletazo feroz, apuntándose un error.

La primera y la segunda llenas.

¡Trac! Tiro contundente sobre la cabeza de Jerry Ash, en primera base. Sylvester corrió y, en un par de pasos, atrapó la bola de un salto y la tiró. Fue un tiro largo y contundente lanzado directamente a Eddie Exton, que estaba de

cuclillas sobre el plato de bateo, esperándolo. En lugar de él Rick lo interceptó, se giró y rápidamente lo tiró a Eddie, justo cuando el corredor se le deslizaba entre las piernas.

—¡Eliminado! —gritó el árbitro.

Un roletazo a la tercera puso fin a la amenaza.

—Muy bien, Syl —dijo el preparador Corbin—. Ésta es la última entrada, y estás primero en el bate. ¿Qué vas a hacer?

Sylvester se encogió de hombros. —No sé, nunca antes fui primer bateador. ¿Debo esperar un lanzamiento determinado?

El preparador sonrió. —Usa tu sentido común, Syl. Hasta ahora te ha dado buen resultado.

Sylvester sonrió. —De acuerdo, señor. Gracias.

Se puso el casco, escogió su bate preferido y se acercó al plato. Las tribunas y las graderías se convirtieron en un avispero.

Jim hizo un lanzamiento fulminante. Sylvester lo dejó pasar, creyendo que venía un poco cerrado.

—¡Ponche! —gritó el árbitro.

Sylvester dejó que otro lanzamiento siguiera de largo, pensando que iba fuera de la zona de strike.

—¡Segundo ponche! —cantó el árbitro.

Sylvester retrocedió y lo miró. El árbitro le sonrió con simpatía. —No rezongues, Sylvester —dijo—. Pasó sobre la parte de la zona de strike que está más lejos del bateador.

Sylvester regresó al cajón. Venía el siguiente lanzamiento de Jim Smith y parecía ser casi idéntico al anterior. Caramba, el muchacho no podía dejar pasar éste también y quedar ponchado. Abanicó.

¡Batazo! La bola salió disparada hacia el exterior derecho, elevándose cada vez más a medida que avanzaba, y cayó unas pulgadas más allá de la valla. Jonrón.

Los hinchas y las porristas enloquecieron. Gritaban y saltaban, y alguien gritó: —¡Paren! ¿Quieren tirar abajo las graderías?

—Eres fantástico, Sylvester —comentó el preparador Corbin al estrechar la mano de

Sylvester Coddmyer III—. ¡Tres jonrones en tu primer partido! ¡Es todo un récord, hijo!

Sylvester se ruborizó. —¿Quiere decir que nadie antes ha bateado tres jonrones en su primer partido?

—No creo —dijo el preparador—. Por lo menos, no en la Escuela Intermedia Hooper.

Jim Cowley recibió base por bolas, pero los tres muchachos siguientes no pudieron llegar a primera y los Cardenales se retiraron. El primer bateador de los Tigres quedó eliminado después de batear un englobado al centro. Glen falló otro roletazo feroz, su segundo, y los Tigres pusieron un jugador en primera.

El siguiente bateador de los Tigres arremetió un sencillo, y el corredor de primera llegó a tercera, deslizándose a la almohadilla casi al mismo tiempo que llegaba el tiro.

—¡Quieto! —gritó el hombre de azul.

Rick ponchó al siguiente jugador. Dos

eliminados. Luego Rick atrapó un englobado al terreno interior, y el partido terminó. Cardenales 6, Tigres 5.

Sylvester recogió su guante y apenas se había dado la vuelta para irse a casa, cuando la multitud se le vino encima cual bandada de palomas sobre un montón de maíz. Le estrechaban la mano, le palmeaban la espalda, le revolvían el pelo, lo elogiaban. Jamás había esperado algo como esto en su vida.

Cuando finalmente se dispersaron, todavía quedaba un muchacho parado ahí, sonriéndole. Era mucho más bajo y menor que Sylvester. Tenía el cabello rubio y algo largo, y usaba anteojos de color con armazón negro.

Molesto Malone era el único chico que Sylvester conocía, que leía todo lo que estaba a su alcance sobre astrología. Tenía la creencia de que todas las personas nacen bajo una estrella determinada, y que esa estrella rige su destino.

—Hola, Sylvester —dijo Molesto, cuyos ojos parecían dos grandes puntos negros detrás de los lentes de color.

—Hola, Molesto —contestó Sylvester, acomodándose la ropa y la gorra, y saliendo para su casa.

Molesto Malone corrió detrás de él. —Me preguntaba, Syl, ¿cuándo es tu cumpleaños? El día y el mes… no necesito el año.

Sylvester lo miró con curiosidad. Molesto no podía pesar más de ochenta y seis libras. —¿Qué quieres decir con que no necesitas el año?

La sonrisa de Molesto se desdibujó y reapareció. —Quiero leer tu horóscopo, por eso. Apuesto a que naciste bajo el signo de escorpio.

—¿Y eso cuándo es?

—Entre el veinticuatro de octubre y el veintidós de noviembre.

—Equivocado —dijo Sylvester—. Nací entre el primero y el treinta de mayo; el veintisiete, para ser exacto.

—¡Géminis! —la sonrisa de Molesto brilló como una estrella.

—¿Qué tiene de extraordinario? —preguntó Sylvester, sin compartir particularmente el entusiasmo de Molesto.

—¡Es tu estrella! ¡Eres de géminis! —replicó Molesto.

Sylvester frunció el ceño. —¿Y eso es bueno o malo?

Molesto se rió. —¿Cómo podría ser malo? Estás bateando jonrones, ¿no es cierto?

Un voz llamó desde cerca del foso: —¡Sylvester! —Era el preparador Corbin—. Estoy invitando al equipo a tomar un helado en Chris an' Greens, ¿puedes venir?

—¿Ahora?

—Ahora.

—Voy para allá —dijo Sylvester.

Miró a su alrededor y vio que Molesto corría hacia el portón. Luego miró hacia las graderías de la primera base y vio a George Baruth parado frente a ellas, saludándolo con la mano.

—¡Qué buenos batazos, Sylvester! —exclamó el señor Baruth.

— ¡Gracias!

—Vaya, de nada, Syl. De hecho, te lo mereces.

Sylvester se paró en seco, se dio vuelta y vio al preparador Corbin sonriéndole.

Quien le había respondido era el preparador. Cuando volvió a mirar hacia las graderías, George Baruth ya no estaba.

7

Sylvester se comió un banana split que era más grande, con más banana y más frutos secos que ninguno que hubiera tomado antes. Y sólo porque él había sido el héroe del partido de hoy.

Luego el equipo se fue a casa. Después de bañarse y ponerse ropa limpia de diario, Sylvester cenó con su mamá. El papá estaba *de gira*, como él decía. No iba a volver hasta el viernes por la noche.

—Seguramente no vas a querer postre después de comerte un banana split —dijo la mamá, cuyo color de ojos y de cabello coincidía con el de él.

—¿Qué tienes? —preguntó él. Se sentía satisfecho, pero si la mamá había preparado algo que le gustara, le haría un lugarcito.

—Pastel de manzana —contestó ella.

¿Pastel de manzana? No había pastel más rico ni delicioso que el pastel de manzana que hacía mamá.

—Me comeré una porción —dijo él.

La mamá lo miró. —¿Seguro?

—Sí, seguro —contestó él, y se reclinó en la silla para esperarlo.

Ella sacó el pastel (una cosa grande, alta y crujiente) del horno, lo puso sobre la encimera, cortó una porción y la colocó en un platito para dársela a su hijo. A él se le hizo agua la boca con sólo ver las blandas y jugosas manzanas que salían de debajo de la cubierta de masa.

Emitió un rugido como el de un tigre hambriento, cortó un trozo con el tenedor y se lo metió en la boca. Mientras masticaba, miró a su madre con los ojos grandes como faroles. —Mami —dijo—, ¡está tan exquisito de sabor como de aspecto!

—Te agradezco, hijo —replicó ella—. Pero no comas como una fiera.

Cinco minutos después de haber terminado, se sintió mal. La mamá levantó la mesa, y él todavía estaba sentado allí.

—¿Te pasa algo, Syl? —le preguntó.

—Me parece que comí como un glotón —confesó él.

—Demasido, ¿no?

Él asintió con la cabeza. —¿Me puedo acostar?

—No con el estómago lleno. Siéntate en la sala hasta que hagas un poco la digestión. Después te puedes ir a acostar.

Él se levantó, fue a la sala y se sentó. No tenía ganas ni de prender la televisión. Se sentó despatarrado con la cabeza apoyada sobre el brazo del sillón. Caray, sí que se sentía mal.

Después de un rato, la mamá le permitió irse a la cama.

—Dentro de una hora, más o menos, te vas a sentir mejor —le dijo.

Syl cerró los ojos. No sabía si se había dormido o no, pero cuando volvió a abrirlos, allí estaba sentado George Baruth, mirándolo con cara de pocos amigos.

—Hola, muchacho —dijo George.

—Eh, hola, señor Baruth —contestó Sylvester—. No lo oí entrar. Supongo que debo de haberme quedado dormido.

—Entiendo que comiste demasiado —dijo George Baruth.

Sylvester esbozó una pequeña sonrisa. —Un poquito —admitió.

—¡¿Poquito?, vamos! —gruñó George Baruth—. Si hubiera sido un poquito, no estarías ahí tendido. Primero un gran banana split y después un trozo de pastel de manzana encima de una suculenta cena. Si eso no es ser un glotón, entonces, no sé qué.

—Sí. Tiene razón, señor Baruth. ¿Pero cómo supo que no me sentía bien? ¿Cómo supo que me comí un banana split y que luego comí pastel de manzana después de la cena?

A George Baruth le brillaron los ojos. Se acercó a Sylvester y le palmeó la mano. —No te preocupes por eso, muchacho —dijo con suavidad—. Sólo no vuelvas a comer como una fiera o te encontrarás sentado fuera del campo en vez de jugar.

Se puso de pie. —Cuídate, eh. Te veo en el próximo partido.

—Está bien, señor Baruth. Gracias por venir.

Cuando George Baruth se fue, Sylvester se quedó pensando. "¿Cómo supo que no me sentía bien?" —se preguntó—. "Sólo mamá lo sabía."

En ese momento entró la mamá, sonriendo. —¿Te sientes mejor? —preguntó.

—Sí —la miró serio—. Mamá, ¿llamó el señor Baruth o algo así?

La mujer frunció el ceño. —¿El señor Baruth?

—Sí. Es la persona que me está ayudando a jugar al béisbol. ¿Llamó? ¿Le contaste que no me sentía bien?

—¿Qué quieres decir, Sylvester? Yo no vi a ningún señor Baruth.

El muchacho se quedó mirándola. —Estuvo aquí hace un momento, mamá. Tú... tú debes de haberlo dejado entrar.

Ella lo miró preocupada, se le acercó y le puso la mano en la frente. —Ahora estás frío —observó—. Pero habrás tenido fiebre o estuviste soñando.

—No, mamá, no —insistió el chico—. ¡Estuvo acá, vino a visitarme!

La mirada preocupada de la mamá desapareció, y le sonrió. —Bueno, bueno. No te pongas nervioso. Pero trata de entender, hijo. Acá no vino nadie. Sino, yo lo habría visto. Debes de haberlo soñado.

8

En el segundo partido de la liga, que se llevó a cabo en el campo deportivo Lansing, los Cardenales de Hooper se enfrentaron a los Linces de Lansing y fueron primeros al bate. Aparentemente el preparador Corbin tenía más fe en Sylvester Coddmyer III, puesto que lo había subido de posición en el orden de bateo, de noveno a octavo.

Sylvester echó una mirada a las graderías de la primera base y efectivamente George Baruth estaba sentado en el extremo de la tercera hilera, con los mismos pantalones, la misma camiseta, la misma chaqueta y la misma gorra. Al señor Baruth le llamó la atención, porque levantó la mano para saludarlo, y Sylvester le contestó de la misma manera.

Se acordó de aquella noche de la semana anterior, cuando se enfermó y tuvo ese sueño, o lo que haya sido, de la visita de George Baruth. Si había sido un sueño, sin duda fue muy real.

Jim Cowley, primero al bate, arremetió contra el lanzamiento alto enviándolo al exterior central para convertirse en el primer eliminado. Ted Sobel se ponchó, Milt Stevens recibió base por bolas, y a Jerry Ash lo eliminaron después de batear un englobado, con lo que terminó la primera mitad de la entrada.

El lanzador derecho Terry Barnes, delgado como un junco y más lento que una tortuga, tuvo problemas para llegar al plato y dio base por bolas a los dos primeros Linces. Llegó el turno de Bongo Daley, el lanzador bajo y robusto de los Linces.

—¿Un lanzador que batea de tercero? —rezongó Jim Cowley—. Debe de ser también bateador.

Aparentemente Bongo lo era. De un batazo al primer lanzamiento de Terry mandó la bola al centro del exterior izquierdo y logró un doble que anotó una carrera. El cuarto bateador se acercó al plato .

Terry lo perforó, ponchándolo con cinco lanzamientos. Bobby Kent atrapó un englobado largo en el exterior central. El corredor de tercera se mantuvo en contacto con la base hasta que atraparon el englobado y corrió a toda velocidad para anotar la segunda carrera. Un tiro englobado al terreno interior puso fin a la entrada.

—Vamos, muchachos —dijo bruscamente el preparador Corbin—. Éste no es el juego de las pulgas. Es béisbol. ¡En movimiento!

Bobby, primero al bate, dio un batazo en línea hacia la línea de falta del exterior izquierdo, que por pulgadas no llegó a ser bueno. Luego arremetió con otro casi al mismo lugar.

—¡Enderézala, Bobby! —gritó el preparador.

Bobby obedeció. El jugador de tercera base

atrapó el siguiente batazo en línea sin mover un pie.

La bola no se había elevado más de cinco pies del suelo. Primer eliminado.

Duane recibió base por bolas. Eddie lanzó un englobado al exterior próximo al diamante y fue el segundo eliminado. Pasó al plato Sylvester Coddmyer III.

La multitud lo ovacionó. Las porristas arrancaron con:

¡Sí, señor!
¡Qué encontrón!
¡Syl Coddmyer trae el jonrón!

De repente Sylvester se dio cuenta de que se había olvidado fijarse en la señal del preparador. Se salió del cajón, echó una mirada al preparador, que estaba sentado en el foso, y recibió por respuesta una sonrisa y la señal de *abanicazo*. Entonces volvió a su posición.

—¡Bola mala! —cantó el árbitro al primer disparo de Bongo.

—¡Segunda bola mala!

Y luego: —¡Ponche!

"¿No fue ésa demasiado baja?", pensó Sylvester.

—¡Tercera bola mala!

—¡Te va a dar base por bolas, Syl! —gritó Jim Cowley.

—¡Pooonche!

Tres y dos. Bongo atrapó la bola de su receptor, se bajó del montículo, se aflojó el cinturón, lo ajustó, jaló de su gorra y finalmente volvió a pararse sobre la goma. Se estiró, lanzó y *¡pum!*

El bate de Sylvester hizo contacto con la bola, y por un momento el muchacho vio que la blanca esfera hacía un agujero en el cielo a medida que se disparaba hacia el fondo del exterior central. Luego dejó caer el bate e inició su fácil carrera alrededor de las bases, mientras la ovación de los hinchas y las porristas resonaba en sus oídos.

—¡Es fantástico, Syl! —gritó el preparador al estrechar la mano de Sylvester en el plato—. ¡Simplemente fantástico!

—¿Cómo lo haces? —preguntó Jerry Ash, que se suponía era el cuarto bateador del equipo.

—Nada más escojo la buena y abanico —replicó Sylvester con sinceridad.

—Y la mandas afuera del estadio —añadió el preparador.

Terry salió ponchado trás tres lanzamientos seguidos. Tres hombres fuera.

Cardenales 2, Linces 2.

El primer lanzamiento de Terry Barnes al primer bateador de los Linces salió disparado por la brecha entre primera y segunda base. Sylvester se agachó para interceptar la baja y candente roleta, pero la bola se le escapó por entre las piernas. Se giró, la persiguió a toda velocidad, la alcanzó cerca de la valla y la arrojó al diamante. Rabioso por el error, vio que el jugador de los Linces llegaba a salvo a tercera.

—¿Te olvidaste de bajar la cola, Syl? —preguntó Ted Sobel, sonriendo.

—Así parece —contestó Sylvester.

Un englobado al terreno interior hacia la tercera base y luego una bola picada en dirección a Terry produjeron dos eliminados, y Sylvester se sintió mejor. El Lince cuya bola se le había escapado entre las piernas todavía estaba en tercera.

Ted Sobel atrapó una pelota larga y de alto vuelo, y se produjo el tercer eliminado.

En esa mitad de la entrada, Bobby Kent hizo un sencillo que anotó dos carreras.

El jonrón de Bongo sobre la valla del exterior izquierdo sin nadie en las bases fue el único jit de los Linces en la segunda mitad de la tercera.

Eddie Exton, primer bateador de los Cardenales en la primera mitad de la cuarta, quedó eliminado por un tiro elevado corto a segunda. Y aun antes de que Sylvester saliera hacia el plato, las porristas de los Cardenales ya cantaban a toda voz:

¡Vamos!
¡Jugamos!
¡Con Syl Coddmyer ganamos!
¡Ganamos! ¡Ganamos!

Las muchachas saltaban y hacían palmas que se unían al aplauso de los hinchas de los Cardenales.

Sylvester, que se había puesto colorado, se acercó al plato.

9

Con su primer lanzamiento alto y fuera de zona, Bongo Daley lanzó la primera bola mala. No parecía preocupado por que el bateador pudiera mandar un lanzamiento afuera del terreno.

Pero los dos lanzamientos siguientes tampoco pasaron sobre el plato.

El receptor pidió tiempo y corrió al montículo a hablar con él. Lo mismo hicieron los jugadores de primera y tercera base. El grupo se tomó medio minuto.

Los muchachos regresaron a sus respectivas posiciones, y Bongo se volvió a parar sobre la goma. Se alistó, lanzó, y la pelota, que mordió la esquina interior, fue ponche.

Disparó la siguiente al mismo lugar y obtuvo el segundo ponche. —¡Ahora lo tienes, Bongo! —gritó el receptor.

El siguiente lanzamiento pasó casi sobre el centro del plato, a la altura del pecho. A Sylvester le gustó cómo venía y abanicó. El batazo que dio lo dijo todo por sí mismo. Se trató de otro batazo explosivo que fue a parar sobre la valla del exterior derecho.

Las porristas y los hinchas de los Cardenales enloquecieron.

Fue la única carrera de esa entrada. Los Linces anotaron una vez y mantuvieron a los Cardenales sin anotar en la primera mitad de la quinta entrada, con Sylvester esperando hacer su tercer viaje al plato.

Cardenales 5, Linces 4.

Dejó el bate a un lado y salió corriendo a su posición de exterior derecho, sonriendo y saludando a George Baruth, que estaba sentado en las graderías detrás de la primera base.

George le devolvió la sonrisa y el saludo; y otras personas también lo hicieron, pues creyeron que Sylvester les sonreía y las saludaba a ellas.

Los Linces anotaron una carrera por un error de Milt y luego vino un batazo en línea sobre la segunda base. Cardenales 5, Linces 5.

El preparador Corbin juntaba y separaba las manos, y cada tanto se secaba la frente con su pañuelo. Nunca hablaba mucho y rara vez se enojaba. Pero sin duda se ponía extremadamente nervioso cuando el partido era reñido.

Y ahora este partido lo era, muy reñido. Ésta era la primera mitad de la sexta entrada. Era la última oportunidad de desempatar. Si no la aprovechaban, los Linces tendrían la oportunidad y si tenían éxito, los Cardenales perderían.

—Jamás se avergüencen de perder —había dicho una vez el preparador—. Todo el mundo pierde a veces. Pero jueguen a ganar.

—¡Abanicazo, Syl! —dijo a Sylvester, que estaba esperando sus indicaciones.

Cuando Sylvester se acercó al plato, los hinchas gritaron como locos. Echó una mirada al marcador: 5 a 5. Trataría de dar otro batazo afuera del estadio, si podía.

Lanzamiento. Venía bajo, pero no demasiado. Abanicó. ¡Falló!

—¡Oh no! —se quejó Terry.

El siguiente lanzamiento fue abierto.

—¡Primera bola mala!

Luego: —Ponch... —empezó a decir el árbitro, pero no terminó. Sylvester había abanicado el lanzamiento, y la pelota se elevaba como un globo suelto hacia el fondo del exterior central. El jardinero de los Linces se lanzó a toda velocidad hacia la valla y allí se detuvo viendo cómo la pelota le pasaba por encima de la cabeza.

Por tercera vez ese día, Sylvester Coddmyer III trotó alrededor de las bases, sin aminorar el paso hasta que cruzó el plato de bateo. Tuvo la ya habitual recepción del entrenador y sus compañeros, y el aplauso de los hinchas y las porristas.

Bongo, aparentemente impresionado por el tercer jonrón de Sylvester, dio base por bolas a los dos bateadores siguientes. Los otros dos quedaron eliminados. Luego, Terry avanzó a primera base, y permitió que Jerry anotara, después, Bobby Kent envió un roletazo al exterior próximo al diamante y quedó eliminado.

Los Linces lograron anotar una carrera cuando fue su turno al bate, pero eso fue todo. Con un gran final, ganaron los Cardenales 7 a 6.

Esta vez hubo algo más que sólo ovaciones, choque de manos y palmadas en la espalda. Un fotógrafo del *Hooper Star* le tomó fotografías a Sylvester, y un periodista de ese periódico, que traía una grabadora en una mano y un micrófono en la otra, lo acribilló a preguntas. Jamás en su vida había pasado un momento tan azarado.

—¿Es tu nombre verdadero Sylvester Coddmyer tercero?

—Sí.

—¿Cuántos años has jugado al béisbol, Sylvester?

—Nunca antes jugué.

—¿En serio?

—De veras.

—Entonces, ¿cómo explicas que hagas un jonrón cada vez que bateas?

—Yo sólo le pego a la pelota de lleno en el centro.

—Sí, pero nadie más en el mundo hace un jonrón en cada turno. ¿Te parece que hay algo…, bueno, este…, poco común en ti, Sylvester?

—No. ¿Por qué debería haberlo?

El periodista se encogió de hombros. —Bueno, no debería —dijo con una débil sonrisa—. ¿Qué otros deportes te interesan, Sylvester?

—Ningún otro.

—Bien, Sylvester. Muchas gracias.

El periodista y el fotógrafo se fueron, y él dio un suspiro de alivio. Apenas se había tranquilizado, cuando alguien lo golpeó en el codo. —Hola, Sylvester.

Era Molesto Malone, con esa graciosa sonrisa suya. Traía un pequeño folleto, algo sobre *Tu horóscopo.* Sylvester no pudo ver el título completo.

—¿Y ahora qué, Molesto? —preguntó, un tanto fastidiado por el acoso del muchacho.

—El ser de géminis te hace ser más hábil que la persona media, Sylvester —dijo Molesto orgulloso.

—Gracias, Molesto —contestó Sylvester—. Pero ahora no tengo tiempo para escuchar esas cosas. Estoy cansado.

Se puso en camino a casa, y de un salto Molesto se le puso a la par. —Este libro dice que a ti te rige el planeta Mercurio —continuó—. También dice que cuando el planeta Venus o la Luna se acercan a Mercurio, viéndolos desde la

Tierra, los poderes de las personas de géminis se agudizan. Por eso tú haces un jonrón cada vez que bateas.

—Me alegra oír eso —dijo Sylvester, no muy impresionado.

—Pero ésa no es la única razón.

Sylvester miró los dos grandes puntos de detrás de los anteojos de Molesto. —¿Qué quieres decir?

—Yo también leo mucho sobre acontecimientos paranormales.

—¿Paranormales? —Sylvester frunció el ceño, perplejo—. ¿Qué es eso?

Los oscuros ojos se clavaron en él inmutables. —Significa fuera de lo normal, inexplicables, misteriosos —replicó Molesto, e hizo una pausa, como para darle tiempo a que procesara la información—. ¿A quién miras y saludas en las graderías que están detrás de la primera base, Sylvester?

—A George Baruth, ¿por qué?

—¿George Baruth?, ¿y quién es él?

—Un amigo.

—¿De por aquí?

Sylvester se encogió de hombros. —No. Está acá de vacaciones.

—¡Oh?

Sylvester lo volvió a mirar y luego se puso en marcha, esta vez decidido a no detenerse. —Lo siento, Molesto, pero no puedo demorarme más.

—Nos volveremos a ver, Sylvester —dijo Molesto.

"Sin tanto apuro", pensó Sylvester.

10

Los Cardenales y los Halcones de Macon chocaron en la octava. Aparentemente los pobres Halcones no se habían alimentado lo bastante ni siquiera para batir las alas, así que ni que hablar de jugar al béisbol. Se desmoronaron bajo el ataque de los Cardenales, 11 a 1.

Sylvester Coddmyer III fue cuatro veces al bate y, para no romper la racha, anotó cuatro jonrones. Con sus batazos se anotaron nueve carreras y tres jugadores fueron eliminados por los jardineros cuando estos pisaron base.

—Ya te había anotado el jonrón incluso antes de que batearas, Syl —dijo orgulloso el encargado del marcador.

—¿No le parece que eso es ir un poquito lejos? —replicó Sylvester.

El lunes dieciocho no hubo clases, era día de capacitación docente. Dos horas antes del partido contra los Gigantes de Teaburg, Sylvester Coddmyer III volvía a su casa con unos comestibles, cuando una mezcla de pasos de alguien que corría y de una voz aguda retumbaron en sus oídos.

—¡Hola, Sylvester! —saludó Molesto Malone, alcanzándolo y sonriendo..., con su sonrisa de duendecillo.

—Hola, Molesto —contestó Sylvester con una mueca—. Vas a empezar de nuevo con todo eso del horóscopo y lo paranormal, ¿no es cierto?

—La verdad —Molesto hizo una pausa—, sí, pero no aquí.

—Bien —dijo Sylvester, y apuró el paso.

Molesto lo tomó del brazo. —En Chris an' Greens, Sylvester. Quisiera invitarte a un delicioso pastel de manzana con helado.

Sylvester aminoró la marcha hasta prácticamente detenerse. —¿Pastel de manzana con helado? —se le hizo agua la boca—. El pastel de manzana con helado es mi postre preferido.

La sonrisa de Molesto fue casi diabólica. —Lo sé. —Con paciencia logró llevarlo hasta la esquina y hacerlo cruzar la calle hacia Chris an' Greens, porque Sylvester luchaba contra el impulso a cada paso. Era una batalla perdida, y por la forma en que arremetió contra el pastel de manzana con helado, no le importaba en absoluto haber perdido.

—Nosotros somos amigos, ¿no, Sylvester? —dijo Molesto, tomando de vez en cuando un sorbo de su limonada.

Sylvester lo miró. —Si no te conociera, Molesto, pensaría que estás tratando de venderme algo.

Molesto se rió. —Todo lo que quiero es que confíes en mí —dijo.

—¿Y quién dijo que no confío en ti?

—Muy bien, entonces cuéntame tu secreto. George Baruth no es una persona real, ¿no es cierto? Es alguien que tú has inventado.

—Molesto, estás más loco que una cabra. Es tan real como tú.

—No, no lo es. Es producto de tu imaginación.

Sylvester lo miró. —Molesto —dijo—, ¡estoy empezando a creer que tú eres producto de mi imaginación!

—Eso es porque soy diferente de la mayoría de los chicos —sonrió Molesto.

—¡Sin duda alguna! —exclamó Sylvester, y volvió a lo que le quedaba de pastel para terminárselo.

—¿Quieres más? —preguntó Molesto—. He estado ahorrando mi mesada para un libro nuevo de astrología, pero puedo esperar una semana más.

La idea de comerse otra porción de pastel de manzana con helado le cayó a Sylvester como un mazazo. —¿Seguro que no hay problema? —preguntó.

—No te habría dicho nada si lo hubiera —contestó Molesto, y pidió otro pastel de manzana con helado para Sylvester.

Por un rato los dos muchachos se quedaron en silencio. Sylvester se tomó su tiempo para devorar la segunda porción de pastel, y Molesto se tomó el suyo para sorber la primera limonada.

"Molesto debe de estar chiflado", pensó Sylvester resentido. Decir que George Baruth no era real era completamente ridículo.

—Tengo una idea —dijo Molesto, con una sonrisa más amplia—. ¿Qué te parece si me lo presentas en el partido de esta tarde?

—Por supuesto. ¿Por qué no?

De pronto, no se sintió bien. Estaba lleno de pastel de manzana con helado, tan lleno que el estómago se le estaba empezando a rebelar.

—Me tengo que ir a casa, Molesto —dijo,

deslizando hacia atrás el banco y tomando la bolsa de provisiones—. No me siento bien.

¡Oye, Sylvester —exclamó Molesto—, espero que no te enfermes!

—Demasiado tarde —dijo Sylvester entre dientes. Ya estoy enfermo.

Se apuró a volver a casa, dejó caer la bolsa de provisiones en los brazos de su madre y fue directo a su habitación, donde se desplomó sobre la cama. Sentía tanto calor, que parecía que se quemaba. La madre entró.

—¡Sylvester! —exclamó—. ¿Qué te ha pasado? ¿Dónde has estado esta última hora?

—Moo... Molesto Malone... me invitó a dos porciones... de pastel de manzana con helado —contestó, y se quejó.

—¿Dos porciones de pastel de manzana con helado? ¡Con razón te sientes mal! —le levantó los pies sobre la cama y lo cubrió con una manta—. Eres un glotón. ¿Cuándo vas a aprender?

Volvió a quejarse, demasiado enfermo para contestarle. Cerró los ojos, y oyó que su madre se iba y que el pestillo de la puerta se cerraba.

Un rato más tarde se despertó, y la madre le dijo que varios muchachos habían venido a verlo. —¿Te sientes mejor —le preguntó—, o debo decirles que los verás mañana?

—Me siento mejor —contestó él—. Diles que entren.

La madre se fue, y un momento después entraron Jim Cowley, Terry Barnes y Eddie Exton. —¿Qué te pasó? —preguntó Jim.

—Me rellené de pastel de manzana con helado —contestó Sylvester—. ¿Cómo salió el partido?

—Perdimos —dijo Eddie— diez a cuatro.

—Por tu culpa —dijo Terry—. Tuya y de tu pastel de manzana con helado —y luego sonrió—. ¿Sábes qué? A mí también me vuelve loco.

Para el partido de los Cardenales contra los Indios de Seneca hubo un cambio en la alineación. El preparador Corbin puso a Sylvester cuarto en el orden de bateo. Él ya había estado antes en esa posición, en un partido amistoso. ¿Se desempeñaría hoy lo bastante bien para ganarse la posición para siempre?

Cuando Sylvester llegó al bate en la segunda mitad de la primera entrada, los Indios ganaban por una carrera. Jim Cowley pasó a primera después de lograr un sencillo de un batazo.

En el montículo estaba Bert Riley, un muchacho alto y desgarbado, con una forma divertida de arrojar la pelota. Pisó la goma, se estiró y lanzó. Parecía que cada parte del cuerpo se le ponía en movimiento antes de que la pelota realmente saliera de su mano.

El lanzamiento vino abierto. —¡Bola mala!

Bert volvió a hacer todos sus peculiares movimientos y lanzó. *¡Paf!* El batazo fue tan contundente como lo fue su sonido. La bola salió como un disparo y cayó a por lo menos veinte pies de la valla del exterior izquierdo. La multitud rugió, y Sylvester inició su lento y natural trote alrededor de las bases.

Cuando llegó a primera base, echó una mirada a las graderías y vio a George Baruth sentado allí, en el extremo de la tercera hilera, con esa sonrisa de niño que tenía. Saludó a Sylvester con la mano, y éste le respondió del mismo modo.

Entonces Sylvester vio que el muchacho que estaba sentado junto al señor Baruth también lo saludaba y reconoció a Molesto Malone.

—¡Lindo batazo, Sylvester! —gritó Molesto.

“*¡Hum!*”, pensó Sylvester. Aparentemente Molesto había decidido conocer a George Baruth por su cuenta.

Los Indios anotaron dos carreras en la primera mitad de la tercera. Luego Sylvester hizo su segundo jonrón en la segunda mitad de la cuarta. Indios 3, Cardenales 3.

Mientras Sylvester corría hacia el campo, observó a George Baruth y a Molesto Malone. Esperaba ver a Molesto hablando hasta por los codos al señor Baruth. Molesto estaba hablando mucho, cierto, pero con el muchacho que estaba a su izquierda. Probablemente no le interesaba entablar conversación con un tipo ya mayor como el señor Baruth.

El primer lanzamiento de Terry salió disparado de un batazo al fondo a la derecha, directo a Sylvester, que rápido se adelantó unos pocos pasos y entonces, de repente, entró en pánico. ¡El batazo mandó la pelota más lejos de lo que él esperaba!

Se giró y corrió en dirección opuesta. Sus cortas piernas se perdieron de vista. Miró por sobre su hombro izquierdo, luego por sobre el derecho. Allí estaba la pelota, ¡cayendo delante de él!

De algún modo logró tomar más velocidad, estiró la mano enguantada y la atrapó.

El aplauso de los hinchas de los Cardenales fue tremendo. Un doble entre el exterior izquierdo y el central avivó las esperanzas de marcar de los Indios, pero un englobado al terreno interior y luego una bola picada a Terry pusieron fin a la primera mitad de la quinta entrada.

Jim, el primer bateador, quedó eliminado después de batear un englobado al centro. Ted recibió base por bolas y avanzó a segunda por el sencillo de Milt sobre el exterior próximo al diamante. Llegó el turno de Sylvester Coddmyer III, y los hinchas de los Cardenales enloquecieron otra vez.

Los Indians pidieron tiempo. Los jugadores de cuadro corrieron hacia el montículo y rodearon a Bert Riley, su lanzador. Mantuvieron una charla serena y prolongada, y luego volvieron a sus posiciones.

"¿Y ahora qué?", pensó Sylvester, cuando Bert Riley lo enfrentó por tercera vez.

—¡Bola mala! —cantó el árbitro, cuando Bert disparó su primera bola una milla afuera.

—¡Segunda bola mala! —gritó el árbitro. Otra pelota afuera.

—¡Tercera bola mala! Y otra.

—¡Te tiene miedo, Syl! —gritó Molesto Malone—. ¡Te va a dar base por bolas!

Y eso fue precisamente lo que Bert hizo. Era la primera vez que a Sylvester le daban base por bolas.

12

Entre los hinchas de los Cardenales explotaron toda clase de ruidos. Algunos gritaban. Otros abucheaban.

A Sylvester no le importó. No había quedado eliminado, y eso era lo importante.

La casa estaba llena, y Jerry Ash pasó al bate. Los hinchas y el equipo dieron a Jerry toda clase de apoyo verbal, pero de nada sirvió. Bert lo ponchó.

Bobby Kent lo hizo un poco mejor. El bate abanicado hizo contacto con la pelota. Pero la bola brincó al guante del jardinero corto de los Indios cual conejo amaestrado.

El jardinero corto la arrojó a segunda, eliminando a Sylvester y terminando con la amenaza de los Cardenales.

Primera mitad de la sexta. ¡Fuerte golpe al exterior próximo al diamante! Error de Milt, la recogió, y la tiró a ras y velozmente a primera. Tiro corto. Jerry Ash se estiró para recibirlo. La bola chocó contra la punta de su guante y rodó a un lado.

"¡Ay, vamos!" —pensó Sylvester—. "¡Ahora no podemos fallar!"

Terry hizo señas a Duane para que se adelantara un poco. El jugador de tercera base avanzó hasta que estuvo a unos pasos frente a la almohadilla, luego se inclinó hacia delante, con las manos en las rodillas.

¡Toque de bola! Duane se apresuró, la interceptó, y la lanzó a ras y velozmente a segunda. ¡Demasiado tarde! Las manos del árbitro de base se abanicaban haciendo la señal de *quieto*. Jim disparó a la primera, pero allí, también, el bateador superó el tiro.

Dos hombres en las bases, ningún eliminado, y el marcador empatado 3 a 3.

Terry se secó la frente, jaló de su gorra y se paró en la goma. Se estiró y lanzó. ¡Batazo sobre segunda! ¡Una carrera anotada! Bobby Kent interceptó la bola y la tiró, deteniendo a los Indios en tercera y primera.

—¡Aplástalos, Terry! —gritó Sylvester.

¡Fantástico roletazo hacia Jim! Él atrapó el pique y lo envió instantáneamente a Milt. Milt pisó segunda y vertiginosamente tiró la bola a primera. ¡Jugada doble!

Jerry giró sobre sus talones para tirar a la meta, pero se frenó. El jugador de tercera base de los Indios no pensaba correr riesgos.

Terry atrapó el suave tiro de Jerry, luego se subió al montículo, recibió la señal de Eddie y lanzó. Primera bola mala. Envió otras dos sobre el corazón del plato. El bateador de los Indios abanicó la primera y falló. Con un batazo envió la segunda sobre el exterior próximo al diamante, logró un sencillo incogible y anotó una carrera.

Terry ponchó al siguiente bateador. Indios 5, Cardenales 3.

—Última oportunidad de sacar este partido de las llamas —dijo el preparador Corbin—. Empieza tú, Duane. Dale a los que lleguen a la zona de strike.

Duane esperó los que llegaban a la zona de strike y logró una cuenta de dos y dos. El siguiente lanzamiento de Bert fue a la altura del pecho del bateador, y Duane lo bateó con mucha fuerza al exterior izquierdo próximo al diamante. El jardinero de los Indios salió a toda velocidad e hizo una atrapada, en carrera, a ras del suelo.

Eddie esperó un lanzamiento que le gustara, le pegó y logró un sencillo. El batazo animó al banco de los Cardenales. Los jugadores habían estado sentados ahí como si ya les hubieran cortado las plumas de la cola.

Terry bateó con fuerza un roletazo hacia tercera, que el jugador de base atrapó, y tiró a ras y velozmente a segunda. ¡Fue un tiro malo!

Un grito explotó en el banco de los Cardenales y de sus porristas cuando al pisar Terry la primera base, la pasó, se giró y regresó a pararse a salvo sobre ella.

Luego Jim hizo un tiro elevado corto al receptor, que dio por resultado el segundo eliminado, y sin duda parecía que los Indios estaban por derrotar a los Cardenales de forma aplastante.

Ted Sobel dejó pasar dos lanzamientos ponchandose dos veces, y luego le pegó al tercero para enviarlo entre el exterior derecho y el central, ¡logrando un doble! Eddie y Terry anotaron, empatándo el partido.

¡Qué partido era éste!

Milt recibió base por bolas, y una vez más Sylvester fue al plato.

—¡Afuera del terreno, Syl! —gritó Molesto Malone.

Un batazo afuera del terreno significaría ocho carreras y la victoria. ¿Pero tendría Sylvester la oportunidad de hacer eso? No, si Bert Riley, que había pedido tiempo, y los jardineros, que estaban corriendo hacia el montículo, estaban planeando la misma estrategia de antes.

—¡Buuu! —gritó Molesto Malone.

La conversación en el cajón del lanzador duró apenas la mitad que la anterior.

Los jugadores volvieron a sus posiciones. Bert Riley se paró en la goma, lanzó y la pelota pasó volando y abierta.

Bert lanzó tres más casi al mismo lugar, y por segunda vez ese día, y en su vida, a Sylvester le dieron base por bolas.

La casa estaba llena.

—¡Tu bebé, Jerry! —gritó Molesto Malone.

¡Trac! ¡Batazo sobre la segunda base! Ted y Milt anotaron, y eso fue todo. El partido terminó: Indios 5, Cardenales 7.

El *Hooper Star* de la mañana siguiente tenía un artículo en la página de deportes, que decía:

EL JUGADOR DE LOS CARDENALES SIGUE CON SU SENSACIONAL RACHA DE BATAZOS

Sylvester Coddmyer III bateó dos jonrones y le dieron base por bolas dos veces para mantener intacto su récord de bateos, al derrotar los Cardenales de Hooper 7 a 5 a los Indios de Seneca, en la Liga de Escuelas Intermedias del Valle.

Su promedio de bateo de 1.000 y un jonrón cada vez que fue al bate (excepto por las dos bases por bolas) no tienen precedentes en la historia del béisbol de los Cardenales de Hooper.

De hecho, posiblemente no tenga precedentes en la historia del béisbol nacional.

Sin embargo, a quien menos impresión provocó este récord sensacional fue al mismo Sylvester.

Esta semana, dos revistas de alcance nacional publicaron su fotografía y artículos sobre él. El comentario de Sylvester fue:

"No entiendo por qué están haciendo tanto alboroto".

Aquella tarde los Cardenales de Hooper jugaron contra los Tigres de Broton y ganaron el partido 8 a 4. A Sylvester le dieron base por bolas la primera vez que fue al bate y bateó jonrones las dos siguientes. Uno fue un *grand slam.*

Periodistas, fotógrafos y un equipo de televisión proveniente de Syracuse centraron su atención en él después de que ganara el partido contra los Linces de Lansing prácticamente solo. El resultado fue 4 a 0, y todas las carreras las anotó él, por jonrones.

—¿Crees que te gustaría jugar en las grandes ligas cuando termines la escuela, Sylvester? —preguntó un periodista.

—No sé. Podría ser.

—¿Practicas mucho con el bate? ¿Crees que es por eso que haces jonrones permanentemente?

—Yo no practico más que los demás muchachos —contestó Sylvester con sinceridad.

—¿Supones que lo que te da tanta potencia es la forma en que te paras en el plato?

—Puede ser. Nunca me puse a pensar mucho en eso.

Sintió un malestar que le aumentaba cada vez más en el estómago y forzó una sonrisa. —¿Le... le importa si terminamos aquí? Me está dando un hambre terrible.

—Por supuesto, Sylvester. Muchísimas gracias por tu tiempo —dijo el periodista.

Sylvester empezó a pasar con cuidado entre el gentío, devolviendo las sonrisas que recibía de las muchas caras con las que se cruzaba. Buscó la que más ansioso estaba de ver y finalmente la encontró casi al final de la multitud.

—Hola, señor Baruth —saludó.

—Hola, Sylvester —dijo George Baruth—. ¡Muchacho, eres una celebridad!

—Sí, eso creo.

—Sólo asegúrate de no volverte un engreído con tanto alboroto —advirtió George Baruth.

—¿Engreído? —Sylvester miró al señor Baruth con grandes signos de interrogación en los ojos.

—Sí. Ya sabes, andar por ahí dándote aires como un gallito, ignorar a tus amigos, no escuchar a tu madre y a tu padre, pensar que de repente te has transformado en alguien mejor que los demás. Eso es ser engreído. Es lo peor que le puede pasar a una persona que se hace famosa.

La posibilidad de transformarse en alguien así asustó a Sylvester. —Eso sería horrible, señor Baruth. Creo que antes de volverme un engreído preferiría no jugar más al béisbol.

George Baruth sonrió y le dio unas palmaditas en el hombro. —Así se habla, hijo. Eres un muchacho sensato.

—¡Eh, Sylvester! —gritó alguien detrás de él—. ¡Espera!

Sylvester reconoció la voz chillona aun antes de darse la vuelta.

Era la de Molesto Malone.

13

—Bueno, Sylvester —dijo George Baruth—, ahora tengo que dejarte. Hasta luego.

—De acuerdo, señor Baruth.

Molesto llegó aporreando la acera y se detuvo junto a él, con una amplia sonrisa.

—¡Hombre! ¡Qué publicidad estás teniendo! —gritó, respirando con dificultad—. ¡Vaya, hasta la televisión!

Sylvester se encogió de hombros, sin darle importancia. —Sólo espero que no lo hagan muy a menudo —comentó—. ¿Qué hora es?

Molesto miró su reloj de pulsera. —Las cinco y media.

—¡Ay, caramba! ¡Mamá debe de estar preguntándose qué me pasó! —Y empezó a correr—. Lo siento, Molesto, pero me tengo que ir a casa.

Entonces se dio cuenta de que George Baruth no estaba delante de él. Ni tampoco detrás. Miró hacia atrás a las casas que había pasado, pero no pudo ver a su amigo en ninguna parte.

—¿Qué estás buscando? —preguntó Molesto, que corría junto a él.

—Al señor Baruth —dijo Sylvester—. Estaba conmigo cuando llegaste.

—¿El señor Baruth? ¿El hombre del que me hablaste?

—Sí.

—¿Estaba contigo cuando yo llegué?

—Sí. Tienes que haberlo visto.

Molesto se rió.—No, no lo vi. Yo no vi a nadie contigo, Sylvester.

Sylvester lo miró perplejo. —Estás mintiendo.

—No estoy mintiendo.

—¡Pero si estaba conmigo!

Molesto sonrió con picardía. —Te creo.

Sylvester se quedó boquiabierto. —¿Por qué, si no lo viste?

—Porque sé que eres de géminis y que te rige un signo solar que te permite ver el más allá.

—Lo que dices es una locura, Molesto —dijo Sylvester, todavía mirando los ojos que parecían puntos detrás de los oscuros lentes de los anteojos de Molesto.

—Respuesta común —dijo Molesto—. Pero me sorprende oirla de ti.

—¡Pero si tú lo conociste! —gritó Sylvester—. ¡Estuviste hablando con él en la cancha de béisbol!

—Syl, ¿cómo pude haber hablado con el tipo, si jamás lo he visto? —replicó Molesto.

Los ojos de Sylvester se abrieron todavía más. —Pero si el otro día estabas sentado junto a él en las graderías.

—¿De veras? Yo no vi a nadie que no conociera. —Molesto sonrió y puso una mano sobre el hombro de Sylvester—. Te envidio, Syl. Sinceramente.

Llegaron al cruce, y Molesto se detuvo. —Bueno, aquí es donde doblo, Syl. Después te veo.

—Adiós, Molesto.

"El sobrenombre de Molesto no está mal para él —pensó Sylvester, que siguió caminando solo—. Pero Metido le hubiera quedado mejor."

Mamá tenía la cena preparada, tal como Sylvester lo había imaginado. Ella se preguntaba qué lo habría demorado, y él le contó. La mujer lo escuchó, con los ojos fijos en su hijo.

—Es la verdad, mamá —dijo él—. Cada palabra.

—Te creo —replicó ella—. ¿Pero por qué tú, Sylvester?

—Porque soy el único que batea un jonrón todas las veces. Y solamente tres veces me han dado base por bolas.

—¿Y eso es algo fuera de lo común? —preguntó su madre.

Él sonrió. —Sí, mamá. Supongo que sí.

El 3 de junio, Sylvester hizo tres jonrones en el partido contra los Halcones de Macon. Pero, a pesar de ello, los Cardenales perdieron 7 a 6.

El *Hooper Star* de la mañana siguiente decía:

LOS CARDENALES PIERDEN,
A PESAR DE LOS TRES JONRONES
DE CODDMYER

Los tres jonrones de Sylvester Coddmyer III no fueron suficiente ayuda para los Cardenales en su partido de ayer contra los Halcones de Macon. Fue la segunda derrota de los Cardenales en su primera temporada altamente exitosa, que se la deben al poderoso bate de Sylvester Coddmyer III.

Hasta el momento, Sylvester ha efectuado un total de veintiún jonrones, una cifra récord sin precedentes.

Nunca lo han ponchado, y sólo ha anotado carreras por jonrones, lo cual lo deja con un promedio de bateo de 1.000.

A la pregunta de este periodista de a qué atribuye la excepcional forma de batear del joven, Stan Corbin, el preparador de los Cardenales, contesta que no sabe. El hecho es que tampoco nadie lo sabe.

Según Sylvester Coddmyer III, todo se le debe al bate.

Aquella tarde llegó a la casa de Sylvester un tal señor Johnson, de una de las revistas más populares del país, y dijo que su revista le ofrecía al muchacho quince mil dólares si le permitía publicar su biografía.

—Como eres menor de edad, también tendría que firmar uno de tus padres, dijo el señor Johnson.

Por un momento, Sylvester y su madre parecieron paralizarse. Se quedaron mirando al hombre cual figuras de cera.

El señor Johnson sonrió. —Por supuesto, recibirás más dinero proveniente de otras fuentes —agregó—. Estamos pensando en auspiciar una hora especial en una cadena de televisión y en llevarte a Nueva York para que aparezcas en dos o tres programas televisivos de alcance nacional. Desde ya, señora Coddmyer, usted y su esposo pueden ir con él, con todos los gastos pagos.

—¿Po... podemos?

Eso fue todo lo que la señora Coddmyer pudo decir. En cuanto a Sylvester, no podía pronunciar palabra; sólo escuchaba. No estaba seguro de si esto era real o un sueño.

—¿Qué te parece, mamá? —preguntó al darse cuenta de que el señor Johnson estaba esperando una respuesta.

—¿Qué? Oh... me parece que es magnífico. —Sus ojos saltaban con preocupación de Sylvester al señor Johnson, y viceversa—. Ayudaría a pagar nuestras cuentas, ¿no?

—Parte del dinero lo depositaremos en un fondo fiduciario para los estudios de Sylvester —explicó el señor Johnson.

—Ah, sí, por supuesto —replicó la señora Coddmyer, que ahora estaba sentada y enrollando una servilleta una y otra vez sobre su falda.

El señor Johnson colocó un par de documentos sobre la mesa. —Éste es el contrato entre ustedes y nuestra compañía —explicó—. Se los dejaré para que lo lean tranquilos y en detalle. Probablemente quieran hacérselo leer a su abogado.

—Nosotros no tenemos abogado —dijo la señora Coddmyer.

—En realidad, no les hace falta, pero lean el contrato antes de firmarlo. Les aseguro que dice todo lo que hemos discutido y que es perfectamente legal.

—Oh, estamos seguros de eso, señor Johnson —dijo la señora Coddmyer.

El señor Johnson sonrió, se puso de pie y les dio la mano. —Los llamaré por teléfono dentro de uno o dos días —dijo, y se fue.

Sylvester se sentó a pensar. Todas estas cosas grandiosas no le estaban ocurriendo sólo por casualidad. Había recibido ayuda, y la persona que lo había ayudado era su amigo George Baruth.

Si había alguien capaz de darle un consejo, era el señor Batruth. De todos modos, papá no estaba en casa, y no volvería hasta dentro de casi una semana.

—Yo sé a quién podemos pedirle consejo, mamá —dijo Sylvester—. No es abogado, pero sé que con gusto nos aconsejará sobre esto.

—Debemos preguntarle a tu padre, Sylvester.

—¡Ay, mamá, él no estará de vuelta hasta dentro de casi una semana! Además, generalmente está de acuerdo contigo en las cosas importantes.

—¿Quién este hombre al que te refieres, Sylvester?

—George Baruth. Ese amigo mío del que te hablé.

—¿George Baruth? Sylvester, ¿estás seguro de lo que dices? —rezongó la mamá—. Sí, te he oído hablar de él; pero yo nunca he visto a ese hombre y tampoco he oído que nadie lo mencionara, salvo tú.

—No me importa, mamá —dijo Sylvester con seriedad—. Es un gran tipo y es mi amigo. Y me ayudó a transformarme en lo que soy. Sé que estará encantado de ayudarnos con esto.

La mamá suspiró. —Bueno, si tú lo dices. ¿Sabes su número telefónico?

—Está de vacaciones aquí, pero yo lo veré.

14

Al día siguiente Sylvester volvía de la escuela, cuando vio que quien venía hacia él desde la calle Winslow no era otro que George Baruth en persona.

—Buenas tardes, muchacho —dijo George—. ¡Fantástico encontrarte!

—De veras —dijo Sylvester, abrumado de pronto por la emoción—. Tengo algo muy importante que preguntarle, señor Baruth.

—¿Ah, sí? ¿Qué?

Ayer por la tarde estuvo en casa el señor Johnson, de una revista famosa, y dejó un contrato para que yo lo firme —comentó Sylvester—. Dice que su compañía quiere publicar mi biografía y que me pagarán un montón de dinero por ella. También pondrán dinero en un fondo fiduciario para mis estudios. Y voy a estar en programas de televisión, y mamá y papá pueden venir conmigo con todos los gastos pagos. El señor Johnson dice que antes de firmar el contrato podemos hacérselo leer a nuestro abogado, porque mamá o papá también tienen que firmarlo; pero nosotros no tenemos abogado.

Hizo una pausa para tomar aliento.

—Y te gustaría que yo lea el contrato y te aconseje qué hacer, ¿es eso? —preguntó George Baruth.

La cabeza de Sylvester se sacudió cual corcho en un mar ondulado.

—Bueno —dijo George Baruth, quien empezó a caminar, con Sylvester siguiéndole el paso como un perrito—, yo tampoco estoy seguro de qué decir.

—¿No quiere leer el contrato?

—No tengo que hacerlo. Ya sé lo que dice. Me lo contaste. Y es lícito, eso seguro. En cuanto a firmarlo... —Se detuvo y miró a Sylvester de una manera profunda e inquietante, que el muchacho nunca antes había visto—.

—Es mucha publicidad y un montón de dinero, Sylvester. Pero la fama podría ser algo peligroso. Te podría arruinar la vida. Al principio, su sabor es dulce. Entonces quieres más. Así es la naturaleza humana. Pero podría ocurrir algo malo. Supón que tus batazos se vienen a pique. La gente se reiría de ti. Tus propios amigos se burlarían de ti. Desearías no haber visto jamás una pelota de béisbol.

El señor Baruth hizo una pausa, sacó un pañuelo y se secó la cara.

—Y hay algo más que me preocupa de esto —agregó.

—¿Qué, señor Baruth?

—Bueno... yo. Lo que hice para que te transformaras en un gran bateador. Mira, Syl —de repente, sus ojos se empañaron y se pusieron tristes—, yo no estaré por aquí mucho tiempo más. Y cuando me haya ido, quizás no sigas bateando de la misma manera... Se detuvo.

—¡Cómo lo voy a extrañar, señor Baruth!

—Y yo te extrañaré a ti.

—Entonces usted... ¿cree que no debería firmar el contrato?

George Baruth se quedó mirándolo un rato largo en silencio y luego dijo: —Supongo que eso lo decides tú mismo.

Sylvester se encogió de hombros. —Está bien. Gracias, señor Baruth. Ha sido muy amable conmigo.

—Tú también has sido una alegría para mí, Syl.

Se dieron la mano.

—¿Va a ir al próximo partido?

—Por supuesto —contestó George Baruth.

Sylvester se dio la vuelta, empezó a correr y se chocó contra Molesto Malone, golpeando tan fuerte al pequeño muchacho, que fue a parar a la acera, con los anteojos caídos y sus libros desparramados por el suelo.

—¡Eh, pon cuidado! —chilló Molesto.

—¡Ay, Molesto, perdóname! —gritó Sylvester—. ¡No te vi!

—¡Imagino que no! —exclamó Molesto, poniéndose de pie.

Sylvester tomó los anteojos, se los entregó al muchachito y luego recogió los libros.

—Te oí hablar —comentó Molesto.

Sylvester miró los enormes puntos de detrás de los anteojos. —¿Y qué dije?

—Gracias, señor Baruth. Ha sido muy amable conmigo. ¿Va a ir al próximo partido?

—¿Eso es todo?

Molesto asintió con la cabeza y sonrió. —Estabas hablando con George Baruth, ¿no es cierto?

Sylvester lo admitió con un gesto. Caray con este Molesto, todo el tiempo metiéndose en las cosas de los demás.

—¿De qué hablaban?

—De algo muy importante, pero no puedo contártelo, Molesto. Lo siento.

Esa noche Sylvester y la mamá hablaron mucho acerca del contrato. A la mañana siguiente llamó el señor Johnson y por la tarde, fue a visitarlos. Miró el contrato y frunció el ceño.

—No está firmado —observó.

—No, no lo está —dijo Sylvester—. Decidimos que era mejor que no lo firmara.

—¿Por qué, Sylvester? ¿No es suficiente dinero?

—Oh, no se trata de dinero, señor Johnson. Es sólo que no me lo merezco, como tampoco toda esa publicidad. Estaría pensando en esto toda mi vida y no quisiera hacer eso. Lo siento, señor Johnson, pero es lo que decidimos mi mamá y yo.

15

El 8 de junio los Cardenales de Hooper derrotaron a los Gigantes de Teaburg 8 a 3, y les quedaba un partido más por jugar. La racha de jonrones de Sylvester siguió invicta. Hizo tres en tres turnos al bate; dos sin corredores en las bases, y el otro con dos. El señor Baruth estuvo en el partido, sentado en su lugar habitual.

Inmediatamente después del partido, y durante todo el camino a casa, Molesto Malone se pegó a Sylvester como una sanguijuela. De vez en cuando, Sylvester miraba en derredor buscando a George Baruth, pero no lo veía. ¿Sería que no se acercaba por causa del metido de Molesto? Probablemente.

No fue sino hasta después de la cena del día siguiente, mientras Sylvester meditaba sobre George Baruth en los escalones del porche, que el señor Baruth pasó por allí.

—¡Oh, hola, señor Baruth! —lo saludó Sylvester con alegría.

—Hola, muchacho —dijo George—. ¿Firmaste el contrato?

—No, señor. Mamá y yo hablamos acerca de eso, y decidimos no hacerlo.

—¿Le contaste a tu mamá sobre mí?

—Por supuesto. Hice bien, ¿no es cierto, señor Baruth?

A George Baruth se le iluminó la cara como si alguien hubiera encendido una luz dentro de él. —Claro que hiciste bien. Hiciste todo bien, muchacho, del principio al fin. —Hizo una pausa—. Bueno, adiós, pequeño. Y sé feliz, ¿oyes?

Sylvester asintió con la cabeza y se puso de pie. —¿Se… se va ahora, señor Baruth? —preguntó.

El gran hombre hizo un gesto de afirmación y se fue caminando por la calle, con la cabeza inclinada, hasta quedar fuera de vista.

La multitud reunida el jueves era más grande que nunca. La gente llenaba la tribuna y las graderías, y estaba tendida o de pie detrás de las dos líneas de falta. El partido era contra los Indios de Seneca, y los Cardenales fueron primeros al bate.

El zurdo Bert Riley fue de nuevo al montículo por los Indios y dio base por bolas a los tres primeros bateadores. Por un momento, nadie avanzaba hacia el plato, y el preparador Corbin dijo: —Sylvester, despabílate.

Sylvester se levantó del círculo de espera y se dirigió al plato. Había estado mirando al extremo de la tercera hilera de asientos de las graderías, buscando a George Baruth; pero, por primera vez desde que había empezado la temporada, George Baruth no estaba allí.

—¡Poooonche! —gritó el árbitro, al disparar Bert un lanzamiento.

—¡Bola mala!

—¡Segunda bola mala!

Y luego: —¡Segundo ponche!

Sylvester salió del cajón, se secó la cara con la manga y volvió a pararse en él. Esperó tenso el siguiente lanzamiento. La multitud estaba en silencio. Bert se estiró y lanzó. El tiro pareció bueno. Sylvester se inclinó hacia él y abanicó.

¡Paf!, sonó la bola al chocar contra el guante del receptor. Un segundo después, el rugido de la gente fue como si hubiera explotado una bomba gigantesca. Sylvester Coddmyer se había ponchado.

Caminó hacia el banco, con la cabeza agachada.

—¡No te preocupes, Syl! —gritó una voz conocida que pareció ser la de Molesto Malone—. ¡Ya volverás al bate!

Jerry Ash quedó eliminado después de batear un englobado. Luego Bobby Kent avanzó a primera base y facilitó dos carreras, y Duane Francis hizo roleta y fue eliminado.

Los Indios anotaron una vez, y eso fue todo hasta la cuarta entrada, en que Eddie Exton hizo un doble y anotó con el sencillo bueno de Terry Barnes sobre primera base.

Los Indios compensaron la carrera y más todavía. Con dos hombres en las bases, un bateador zurdo dio un batazo que salió como cuerda de tender al exterior derecho. La bola rozó el guante de Sylvester y rebotó hacia la valla. Sylvester corrió detrás de ella lo más rápido que pudo, la tomó y la tiró.

Tres carreras anotadas. En esa mitad de la entrada, los Indios lograron cuatro carreras, pasando al frente 5 a 3.

En la primera mitad de la quinta, Sylvester fue el primer bateador. Una vez más había buscado a George Baruth con la esperanza de verlo en los asientos del extremo de la tercera hilera, pero el gran hombre no estaba allí.

Recién ahora estaba seguro de que nunca más volvería a ver a su amigo.

Se ponchó después de tres lanzamientos seguidos.

Pero Jerry hizo un doble, y el golpe de Bobby le permitió anotar la única carrera de los Cardenales durante esa mitad de la entrada.

De nuevo los Indios hicieron picar la pelota y anotaron tres carreras más para dejar su marcador en 8. Y de nuevo volvieron los Cardenales en busca de su última oportunidad.

Jim dio base por bolas. Ted avanzó a primera base. Milt quedó eliminado después de batear un englobado. Y entonces llegó Sylvester al bate.

—¡Mándala sobre la valla, Syl! —gritó Molesto Malone.

Lanzamiento. Sylvester abanicó. *¡Trac!* ¡Jit! Aunque nada parecido a esos largos batazos que había estado dando durante toda la temporada, ni tampoco uno explosivo sobre la valla de los que hacían que la multitud contuviera el aliento en masa.

Fue un golpe poco profundo pero fuerte, que mandó la pelota rodando entre los jardineros izquierdo y central. Dos carreras anotadas, y Sylvester alcanzó la segunda base con un doble, único jit suyo de la temporada que no había sido un jonrón.

Tanto Jerry como Bobby quedaron eliminados, y eso fue todo. Ganaron los Indios 8 a 6.

Sylvester creyó que ahora todo había acabado. Creyó que de repente la gente se había olvidado de él. Pero no fue así. La multitud se apiñó a su alrededor, palmeándole la espalda y dándole la mano, mientras los fotógrafos disparaban sus cámaras como locos.

Entonces alguien se abrió paso entre el gentío, y se sintió que un silencio caía como un telón.

—Sylvester —dijo el preparador Stan Corbin, ahí parado con un enorme y brillante trofeo de un muchacho abanicando un bate de béisbol—, en nombre de nuestra escuela, la Intermedia Hooper, en el de todos los profesores y estudiantes, y en el mío propio, me honra entregar este trofeo al mayor deportista que la Escuela Intermedia Hooper haya tenido jamás.

Con un nudo en la garganta que no le permitía pronunciar palabra, Sylvester aceptó el trofeo. Finalmente pudo hablar.

—Gracias —dijo.

Camino a casa, su madre y Molesto Malone iban uno a cada lado de Sylvester, mientras él llevaba el trofeo.

Pero, de algún modo, le pareció que el trofeo ya no era tan pesado como cuando el preparador se lo había entregado. Parecía más liviano, como si alguien más estuviera ayudándolo a llevarlo.

POSICIONES FINALES

	GANADOS	PERDIDOS
Cardenales	7	3
Gigantes	6	4
Linces	6	4
Tigres	5	5
Halcones	4	6
Indios	3	7

¡Lee todos los libros de Matt Christopher en español!

Novelas clásicas

El muchacho que bateaba sólo jonrones

El mediocampista

Biografías

En el campo de juego con... Derek Jeter

En el campo de juego con... Alex Rodríguez